Notre Dame de Paris

Par Victor Hugo

1931

노트르담 드 파리

1판 1쇄 발행   2014년 7월 15일
개정판 1쇄 발행 2022년 2월 15일

저자 빅토르 위고
편역자 박아르마·이찬규
펴낸이 박찬규
디자인 신미연
펴낸곳 구름서재

등록 제396-2009-000058호
주소 서울시 마포구 서교동 375-24 그린홈 403호
이메일 fabrice@naver.com
블로그 http://blog.naver.com/fabrice

ISBN 979-11-89213-24-4 (03860)

Notre Dame de Paris

노트르담 드 파리

빅토르 위고 원작
박아르마·이찬규 편역

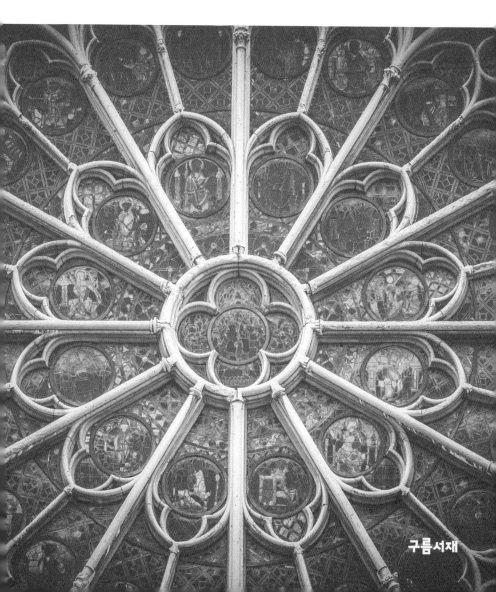

구름서재

차례

몇 해 전 이 책의 작가는 노트르담 대성당을 방문했다. 그 곳을 여기저기 훑어보던 그는 탑의 어두운 한쪽 구석 벽에 다음과 같은 단어가 새겨져 있는 것을 발견했다.

*'ΑΝΑΓΚΗ**

오랜 세월로 검게 그을린 석벽 위에 깊숙이 파여 있는 이 그리스어 대문자들에서는, 중세 사람이 썼다는 것을 알려주는 듯한 고딕체 특유의 그 어떤 기색이 풍겨 나오고 있었다. 또한 그 문자들 속에 서려 있는 비통하고 불길한 뜻이 작가의 가슴속에 깊게 울려 퍼졌다.

낡은 성당의 앞쪽에 이런 죄악 혹은 불행의 자취를 남기지 않고는 이 세상을 떠날 수 없었을 만큼 괴로웠던 영혼은 도대체 누구였을까? 작가는 자문했고, 그 영혼을 가늠해보려고 애썼다.

이 이야기는 석벽에 아로새겨진 그 단어로부터 비롯된다.

1831년 3월

---

* 숙명이란 뜻의 그리스어

1. 축제

"분명히 말해두지만, 이렇게 학생 녀석들이 방자하게 구는 꼴은 여태껏 본 일이 없소이다. 현대의 빌어먹을 발명품들이 모든 걸 망쳐놓고 있는 것이지요. 여러 종류의 새로운 대포도 그렇지만, 저 독일에서 건너온 인쇄술이야말로 가증스러운 것이오! 이제 필사본도 없어지고 참다운 가치의 서적도 없어지고 말았소이다. 책을 쉽게 만드는 기술이 우리를 말세로 이끕니다 그려, 말세!"

1482년 1월 6일 시테 섬*과 대학가, 그리고 시가지에 있는 모든 종들이 요란스럽게 울려 퍼지는 소리에 파리 시민들은 잠에서 깨어났다. 이 날은 아득한 옛날부터 파리 시민들을 달뜨게 만들어온 예수공현절**과 광대제***가 겹치는 축제일이었다. 그레브 광장****에

---

* 파리의 시내를 관류하는 센 강의 가운데에 있는 섬. 파리의 발상지인 그 섬의 동쪽 끝에 노트르담 대성당이 위치해 있다.
** 그리스도가 베들레헴에서 탄생했을 때, 동방박사 세 사람이 별의 인도를 따라 경배하러 온 것을 기념하는 축일. 성탄절로부터 12일 뒤이다.
*** 일반적으로 12월 26일부터 1월 14일 사이에 행해진 열광적인 축제. 그 기간 동안 중세 시대의 민중들은 자신들만의 교황을 선출하고, 길거리에서 풍자적인 예식을 치렀다.
**** 센 강변에 있는 파리 시청 광장의 옛 명칭. 중세 시대에는 이 광장이 죄인들의 처형과 민중 축제의 장소로 사용되었다. 근처에 브라크 성당이 있었다.

서는 불꽃놀이가, 브라크 성당 앞에서는 5월을 위한 식목제가, 재판소 앞에서는 성사극聖史劇***** 상연이 예정되어 있었다.

양털로 짠 자줏빛 군복으로 훌륭하게 차려입은 파리의 병사들이 전날부터 거리에서 나팔을 불며 이런 행사들이 있을 것임을 알렸다. 그래서 이 날이 되면 남녀노소 할 것 없이 모두들 이른 아침부터 일어나 집도 가게도 모두 닫아놓고서 행사장들 가운데 한 곳으로 향했다. 특히 재판소 대강당으로 가는 길은 사람들로 미어터질 만큼 북적대고 있었다. 왜냐하면 프랑스 황태자와 플랑드르 공주의 혼인 임무를 맡고 있는 플랑드르 사절단이 성사극에 참석하는데다가 '광대 교황'을 뽑는 대회 또한 그곳에서 열릴 것이라고 알려졌기 때문이었다. 추기경과 대법관도 사절단과 동행할 예정이었다.

인파가 여러 갈래에서 한꺼번에 몰려들었기 때문에, 자리는 고사하고 대강당 안으로 들어가는 것조차 여간 어려운 일이 아니었다. 이미 사람들로 넘치는 재판소 앞 광장은 마치 파도가 넘실거리는 바다를 보는 듯했고, 광장으로 이르는 여러 갈래의 길들은 끊임없이 불어나는 물을 계속해서 바다로 쏟아내는 하구들 같았다.

대강당 안 한쪽에는 대리석 탁자가 놓여 있었는데, 어찌나 길고 넓었던지 옛 기록들은 이제껏 이와 견줄 만한 탁자는 세상 어디에도 없었다고 전한다. 관례에 따라 루이 12세는 파리 재판소의 그 탁

***** 15~16세기에 유행했던 종교극. 성사극의 성립에 큰 역할을 한 것은 프랑스 전역을 떠돌던 중세기의 음유시인들이었다. 그들은 그리스도나 성인들의 생애를 서사시로 만들어 사람들 앞에서 낭송했는데, 점차 그것을 희곡화하여 연기를 곁들이게 된다.

자를 연극무대로 사용할 수 있도록 허가했다.

성사극은 이 탁자 위에서 상연되도록 되어 있었다. 강당 한가운데에는 사절단과 거물급 인사들을 위해 특별히 마련된 황금색 천으로 덮인 단이 놓여 있었다.

연극은 사절단이 도착하는 열두 시에 막이 오를 예정이었지만 구경꾼들은 이른 아침부터 그곳에 몰려들어와 있었다. 자리를 잡지 못한 파리의 학생들은 강당에 일렬로 서 있는 조각상들과 창틀에까지 기어올라 기세 좋게 떠들거나 주위에 있는 어른들을 닥치는 대로 놀려먹고 있었다. 그 중에서 특히 호된 놀림을 받은 서적상은 옆에 있는 모피상에게 이렇게 말했다.

"분명히 말해두지만, 이렇게 학생 녀석들이 방자하게 구는 꼴은 여태껏 본 일이 없소이다. 현대의 빌어먹을 발명품들이 모든 걸 망쳐놓고 있는 것이지요. 여러 종류의 새로운 대포도 그렇지만, 저 독일에서 건너온 인쇄술이야말로 가증스러운 것이오! 이제 필사본도 없어지고 참다운 가치의 서적도 없어지고 말았소이다. 책을 쉽게 만드는 기술이 우리를 말세로 이끕니다 그려, 말세!"

소란스런 가운데 마침내 열두 시를 알리는 종이 울렸다.

군중은 일제히 "아아!" 하고 탄성을 질렀다. 그런 뒤에는 쥐죽은 듯한 고요가 흘렀다. 모두가 목을 빼고 입을 벌린 채 무대를 주목했다. 하지만 무대는 여전히 텅 비어 있었다. 다시 시간이 흘렀지만 귀빈석이나 무대 위에는 아무도 나타나지 않았다. 그러는 동안 군중속에서 안타까움을 지나 분노의 술렁임이 일기 시작했다. 그때 강당

기둥 위에서 몸을 뱀처럼 꼬고 있던 장 프롤로라는 이름의 학생이 갑작스레 소리쳤다.

"연극을 시작하라! 플랑드르 놈들은 나가 죽어버려라!"

그는 노트르담 성당의 부주교인 클로드 프롤로의 동생이었다. 그 뒤를 이어 사람들이 박수를 치며 저마다 외쳐대기 시작했다. 그들의 눈길은 무대 앞을 지키고 있던 네 명의 위병들에게 일제히 쏠렸다.

"연극을 시작하라! 그러지 않으면 저 위병들부터 목을 매달아버리자!"

위태로운 순간이었다. 그때 상황을 진정시키기 위해 극중 주피터 역을 맡은 배우가 무대 위에 나타났다.

"시민 여러분, 잠시만 참아주십시오! 사절단이 도착하는 대로 연극을 시작하겠습니다."

하지만 그의 외침은 우레 같은 함성 속에 이내 사그라지고 말았다.

"당장 시작하라! 주피터를 줄에 매달아라!"

가련한 주피터는 진퇴양난이었다. 사절단을 기다리지 않고 연극을 시작하자니 추기경의 분노를 살 것이 분명했고, 버티고 있자니 당장이라도 화를 당할 것 같았다. 그때 무대 옆에서 검은 옷을 입은 한 사내가 다가와 그에게 넌지시 일렀다.

"이봐요! 나요, 그랭그와르! 뒷일은 내가 책임질 테니 시민들의 요구를 들어주시오."

거의 무릎을 꿇다시피 하고 있던 주피터가 그제야 안도의 한숨을 내쉬면서 소리쳤다.

"당장 시작하겠습니다!"

"Evoe, Jupiter! Plaudite, cives!(좋을시고, 주피터여! 박수를 치자, 시민들이여!)"

큰 키에 창백한 얼굴, 깡마른 몸매, 젊은 나이에도 이마에 깊이 팬 주름살을 가진 피에르 그랭그와르는 곧 상연될 연극의 작가이자 시인이었다.

무대 뒤편에서 오케스트라의 음악소리가 들려오면서 막이 올랐다. 그러고는 요란스레 분장한 네 명의 배우가 사다리를 타고 단 위에 오름과 동시에 음악이 멎었다. 연극이 시작된 것이다. 배우들은 종교적인 정적 속에서 장황한 서시序詩를 읊기 시작했는데, 그에 관해서는 독자에게 말하지 않겠다. 오늘날도 그렇지만 관객들은 배우들의 사설보다는 그들이 입고 있는 의상에 먼저 마음을 빼앗기는 법이다. 배우들은 모두 노란색과 흰색으로 절반씩 염색된 긴 옷을 입고 있었다. 하지만 옷감과 들고 나온 소품은 각기 달랐다. 첫 번째 배우는 금실로 수놓은 비단 옷에 칼을, 두 번째 배우는 견직 옷에 금 열쇠를, 세 번째 배우는 모직 옷에 저울을, 네 번째 배우는 삼베 옷에 삽을 들고 나왔다. 그래도 아직 잘 모르는 머리 둔한 관객들을 위해 옷소매에는 각기 〈나는 귀족〉, 〈나는 성직자〉, 〈나는 장사꾼〉, 〈나는 농사꾼〉이라는 굵은 글자가 수놓아져 있었다.

〈귀족〉은 〈성직자〉와, 〈장사꾼〉은 〈농사꾼〉과 각각 부부가 되어 숱한 격언과 잠언이 담긴 아름다운 대사를 읊었다. 그랭그와르는 자신이 지은 시가 배우들의 입을 통해 수많은 관객들 위로 한 구절씩 드

리워지는 모습을 바라보면서 황홀한 명상의 상태에 들어가 있었다. 하지만 황홀감은 오래가지 못했다. 문지기가 느닷없이 부르봉 추기경의 행차를 강당이 쩌렁쩌렁 울리도록 소리 높여 알렸기 때문이었다.

2. 시인의 불행

"축제라고 하면 우리도 절대 뒤지지 않소이다. 우리 고장에서 광대 교황을 뽑는 방법은 많은 사람들이 모인 자리에서 한 사람씩 구멍으로 자신의 일그러진 얼굴을 내밀어 보이는 것이오. 그렇게 해서 가장 추악한 낯짝을 하고 있는 자가 축제의 광대 교황으로 선출되는 것이지요. 우리들은 모두 거기에 걸맞은 낯짝들을 지니고 있는 것 같은데, 어떻게 생각하시오, 시민 여러분?"

시인의 불행! 1465년 9월 29일 파리가 공격받았을 때,* 한꺼번에 일곱 명에 달하는 부르고뉴 병정을 죽였던 대포소리도 이 엄숙하고 극적인 순간에 문지기의 입에서 터져 나온 외침만큼 그랭그와르의 귀청을 찢어놓지는 않았을 것이다. 그가 우려했던 일이 현실로 나타났다. 추기경의 입장은 단번에 관객들의 주의를 흩뜨렸다. 관객들은 일제히 입장 행렬을 향해 고개를 돌리고는 입을 모아 외쳤다.

"추기경이다! 추기경이다!"

---

* 1464년 각 지방의 봉건영주들이 루이 11세에 대항하기 위해 세력을 규합했으며, 1465년 9월에는 '공익동맹'이라고 불린 그들의 군대가 파리를 포위했다.

추기경은 대귀족이 평민들에게 보여주는 관례적인 미소를 지어 보이며 관객들에게 답례했다. 그러고는 금세 딴 생각에 잠긴 듯한 표정을 지은 채 붉은색 우단이 덮인 안락의자에 앉았다. 그 뒤를 이어 수행원들이 서둘러 따라 들어와 자리를 잡기 시작했다. 관객들은 이제 막 배석한 사람들을 손가락으로 가리키며 앞 다투어 이름을 대면서, 그 중 한 사람쯤은 자신도 알고 있다는 듯이 소리를 질러댔다. 어떤 이는 추기경에게 경멸적인 시선을 보내면서, "술만 마셔대는 추기경이여!" 하고 노래를 부르기까지 했다. 하지만 추기경은 그런 일에 전혀 신경 쓰지 않는 듯했다. 그만큼 이 축제일에는 소란과 방종이 풍속으로 자리 잡고 있었던 것이다. 게다가 추기경은 다른 걱정거리가 있었다. 바로 플랑드르 사절단이었다. 추기경인 자신이 그 이름 모를 행정관들을, 더구나 식도락가인 프랑스인이 맥주만 마셔대는 플랑드르인들을 공중 앞에서 절대적으로 환대해야 한다는 것은 여간 마뜩찮은 일이 아니었다. 문지기가 곧이어 사절단의 입장을 알렸다.

사절단은 추기경의 수행원들과는 달리 숙연한 태도로 두 사람씩 나란히 짝을 지어 입장했다. 그들은 문지기에게 직위와 이름을 알렸고, 문지기는 자신이 들은 바를 관객들에게 소리 높여 되풀이했다. 사절단원들은 모두가 주단과 비단 옷을 입은 채 렘브란트의 〈밤의 원무〉에 등장하는 인물들처럼 의젓한 품새를 보여주고 있었다. 하지만 그 가운데 한 사람만은 예외였다. 그는 교활한 원숭이 같은 낯짝에 행동이 매우 민첩했는데, 추기경은 자기가 앉아 있던 자리에서 세 걸음을 걸어 나와 그에게 깊숙이 절을 올렸다. 그는 '강Gand'이라는 이름을 가진 도시의 의원이자 프랑스 왕실의 비밀스런 일에까지 깊이 관여하고 있는 기욤 림이었다. 하지만 그의 숨은 권력에 대해 알지 못했던 관객들은 추기경이 이 깡마른 플랑드르인에게 보내는 공손한 인사를 보고서 깜짝 놀랄 수밖에 없었다.

기욤 림과 추기경이 서로 허리를 한껏 낮춘 채 더더욱 낮춘 목소리로 몇 마디 주고받는 동안, 넓적한 얼굴에 장대한 기골을 지닌 한 사내가 들어오더니 연단 위로 올라서려 했다. 흡사 여우의 뒤를 따라 불도그가 들어온 듯했다. 그의 양모 벙거지와 가죽조끼 또한 다른 사람들의 모습과는 사뭇 달랐다. 마부 따위가 잘못 들어온 것으로 알고서 문지기가 그를 불러 세웠다.

"어이, 그리 들어가면 안 돼!"

"뭐야, 이 자식은! 내가 누군지 모르느냐? 나는 손님이야!"

그가 문지기를 어깨로 밀쳐내며 소리를 지르는 바람에 관객들의 눈길이 그리로 쏠렸다. 그때 기욤 림이 빈틈없어 보이는 미소를 띠면서 문지기에게 나직이 말했다.

"강의 시청 서기 자크 코프놀이라고 아뢰시오."

추기경도 옆에서 거드느라고 얼른 소리쳤다.

"어서 강의 시청 서기 자크 코프놀이라고 소개하라!"

하지만 추기경의 말을 듣더니 코프놀은 다시금 호통을 쳤다.

"그렇지 않아, 젠장 맞을! 나는 옷장수인 자크 코프놀이다. 알아들었느냐? 이 문지기 놈아! 나는 옷장수면 된단 말이다!"

그러고 나서 그가 도도한 태도로 추기경에게 인사를 하자 관객들로부터 웃음과 박수갈채가 터져 나왔다. 그가 귀빈석에 자리를 잡자 연단의 가장자리에 마치 송충이처럼 매달려 있던 거지 하나가 다가와서 입버릇처럼 말을 건넸다.

"한 푼 줍쇼."

코프놀은 그 거지를 바라보더니 무람없이 어깨를 툭툭 두드려주었다. 그러고는 거지의 손을 맞잡고서 나직한 목소리로 무언가를 이야기하기 시작했다. 이 광경을 지켜본 관객들은 열광하기 시작했는데, 그때 자기 자리에서 더러운 거지만 얼핏 본 추기경이 격한 목소리로 외쳤다.

"법원장, 저 거지를 당장 강물에 던져버리시오!"

"아하, 추기경 각하! 이 사람은 내 친구입니다."

코프놀은 여전히 거지의 손을 놓지 않은 채 응수했다.

"만세! 만세!"

관객들은 일제히 소리쳤다. 이제 강당 안은 온통 축제와 환희의 도가니가 되어가고 있었다. 그런데 무대 옆에 검은 옷을 입은 채 하얗게 질린 낯빛으로 한 사내가 서 있었다. 독자들도 잠시 잊고 있었던 피에르 그랭그와르였다. 그의 연극 역시 완전히 잊혀져 있었다. 관객들은 그가 요란스레 치장시켜 표현하고자 했던 〈귀족〉, 〈성직자〉, 〈장사꾼〉, 〈농사꾼〉이라는 인물들을 의원의 비단 옷에서, 추기경의 법의에서, 코프놀의 가죽조끼에서, 그리고 거지의 남루함 속에서 생생하게 느끼고 있었다.

관객들의 소란이 어느 정도 잠잠해지자 그랭그와르가 소리쳤다.

"연극을 다시 시작합니다! 연극을 시작하라!"

그러자 장 프롤로가 응수했다.

"연극은 이미 끝나지 않았나! 다시 시작하다니 그럴 수야 없지!"

다른 학생들도 잇달아 외쳤다.

"이제 연극은 집어치워라! 이제 연극은 집어치워라!"

이제 서시의 아름다움을 느끼거나 이해해줄 사람은 아무도 없었다. 설상가상으로 군중의 우상이 된 코프놀이 갑자기 벌떡 일어나서 일장 연설을 늘어놓기 시작했다.

"파리 시민 여러분, 지금 우리가 무엇 때문에 꾸물거리고 있는 것이오? 성사극을 계속한다고 하나 재미라도 있겠소? 나는 오늘 광대 교황을 뽑는다고 들었소. 우리 플랑드르의 강 시에서도 축제 동안에 광대 교황을 뽑지요. 축제라고 하면 우리도 절대 뒤지지 않소이다. 우리 고장에서 광대 교황을 뽑는 방법은 많은 사람들이 모인 자리에서 한 사람씩 구멍으로 자신의 일그러진 얼굴을 내밀어 보이는 것이오. 그렇게 해서 가장 추악한 낯짝을 하고 있는 자가 축제의 광대 교황으로 선출되는 것이지요. 우리들은 모두 거기에 걸맞은 낯짝들을 지니고 있는 것 같은데, 어떻게 생각하시오, 시민 여러분?"

군중은 이 제안에 걷잡을 수 없이 열광했다. 장내는 박수갈채로 떠나갈 듯했고, 시인은 그만 두 손으로 얼굴을 감싸고 말았다.

3. 콰지모도

이 모든 기형은 그의 몸에 무언가 알 수 없는 엄청난 힘과 기민함을 불어넣고 있었다. 힘은 아름다움과 마찬가지로 조화에서 비롯된다는 저 영원불변의 법칙에서 벗어나는 기묘한 사례였다.

눈 깜짝할 사이에 코프놀의 제안을 실행하기 위한 준비가 갖춰졌다. 무대 맞은편에 위치한 작은 기도소가 얼굴 일그러뜨리기 대회 장소로 선정되었다. 기도소 쪽문 위편에 있는 아름답고 둥근 장식 유리창이 한 장 깨져 있었는데, 그 구멍을 통해 얼굴을 내밀기로 했다. 구멍에 얼굴이 닿을 수 있도록 어디에선가 굴려온 통 두 개를 포개어 딛고 올라설 받침대로 사용했다. 코프놀은 지휘자가 되어 이 모든 일을 지시하고 조정했다. 그 동안 추기경 일행은 저녁 미사를 핑계로 마치 패주하듯 자리를 떴다.

드디어 대회가 시작되었다. 한껏 일그러뜨린 얼굴이 구멍으로 나타날 때마다 사람들이 어찌나 박장대소했던지, 만일 호메로스가 그 자리에 있었더라면 아마도 그 모든 사람들을 신神으로 착각하지 않았을까 싶을 정도였다. 군중이 빚어내는 소란스러움은 마치 각다귀 떼가 내는 소음처럼 새되고 날카롭게 메아리쳤다.

"아이고, 지랄 같아라!"

"저 상판 좀 봐라! 저걸 좀……."

"또 다른 놈 나와라!"

"저 계집애가 글쎄 저럴 수가 있을까!"

"히야! 히야!"

이 광경에는, 현대의 독자로서는 이해하기 힘든 무언가 알 수 없는 현기증 같은 것, 형언할 수 없는 거센 도취의 매혹 같은 것이 깃들어 있었다. 세모꼴에서부터 사다리꼴에 이르는, 또 원뿔형에서부터 다면체에 이르는 모든 기하학적 형상들이 인간의 얼굴 속에 나타났다. 더군다나 어린아이의 주름살에서부터 죽어가는 노파의 주름살까지, 산돼지의 주둥이에서부터 새의 부리까지, 모든 연령 대와 온갖 짐승들의 형상이 차례로 떠오르는 그 일그러진 인류의 만화경을 한번 상상해보라.

대강당은 바야흐로 뻔뻔스러움과 쾌활함으로 넘쳐흐르는 벌건 도가니가 되어가고 있었다. 사람들마다 악다구니를 해대고, 눈으로는 번들거리는 빛을 내뿜으면서, 제멋대로 경련이라도 하듯 얼굴을 일그러뜨리고 있었다. 축제는 그렇게 계속되어갔다. 그러다가 갑자기 귀청이 찢어져나갈 듯한 갈채와 환호가 한꺼번에 터져 나왔다. 누가 보더라도 군중이 원하는 광대 교황감에 더없이 걸맞은 얼굴이 구멍에 등장한 것이었다.

"히야! 히야! 히야!"

과연 너무나도 기묘하게 일그러진 얼굴인지라 대회에 참가한 다른 후보자들도 자신들의 패배를 인정할 수밖에 없었다. 사면체 코에 입은 말굽 같았고, 찌그러진 왼쪽 눈은 잡초처럼 자란 붉은 눈썹에 덮여 있었으며, 게다가 오른쪽 눈은 커다란 무사마귀 탓에 완전히 가려져 있었다. 이빨은 드문드문 빠져 있는데다가 나머지는 들쭉날쭉했고, 그 중 하나는 코끼리 어금니처럼 윗입술 위로 삐드러져 나와 있었다. 그리고 그 모든 기괴함 위에는 심술과 놀라움, 슬픔이 종잡을 수 없이 서려 있었다.

사람들이 기도소로 몰려가 광대 교황을 끌어냈을 때, 감탄과 환호는 절정에 달했다. 그 일그러진 얼굴이 본래 그대로의 모습이었던 것이다. 게다가 얼굴만이 아니라 몸 전체가 일그러져 있었다. 엄청나게 큰 머리통에는 붉은 머리칼이 이리저리 곤두섰고, 두 어깨 사이에는 커다란 곱사등이 자리를 잡았으며, 이상야릇하게 뒤틀린 두 다리는 마치 반원의 낫 두 개를 이어놓은 것 같았다. 거기에 커다란 발과 괴물 같은 손까지! 그러나 이 모든 기형은 그의 몸에 무언가 알 수 없는 엄청난 힘과 기민함을 불어넣고 있었다. 힘은 아름다움과 마찬가지로 조화에서 비롯된다는 저 영원불변의 법칙에서 벗어나는 기묘한 사례였다. 마침내 키와 어깨너비가 거의 같은 이 땅딸막한 괴물이 단상에 혼자 올라섰다. 그러자 사람들은 그가 걸친 종무늬의 붉은 외투와 그의 완전무결한 추악함을 보고서 당장에 그가 누구인지 알아보았다.

"종지기 콰지모도다! 노트르담의 꼽추 콰지모도가 아닌가!"

"애꾸눈 콰지모도, 앙가발이 콰지모도다! 히야! 히야!"

"사람인 줄 알았는데 이제 보니 흉측한 악마로구나!"

어떤 학생은 그의 코앞에까지 다가가 손가락질을 하며 웃어댔는데, 그만 너무 가까이 다가간 것이 탈이었다. 콰지모도는 순식간에 그의 허리춤을 잡아채어 군중 속으로 던져버렸다. 어림잡아도 열 걸음 정도는 날아간 듯했다. 그러고는 무시무시하게 이를 갈았다. 대회를 지휘하던 코프놀은 감격하여 그에게 말을 건넸다.

"아, 내가 난생 처음 보는 괴물이로다. 돈이 얼마가 들든 그대와 걸지게 한번 식사를 하고 싶군. 어떤가, 그대?"

하지만 콰지모도는 일언반구의 대꾸도 하지 않았다.

"뭐야, 젠장 맞을. 그대는 귀머거린가?"

그 말 그대로 콰지모도는 귀머거리였다. 누군가가 코프놀에게 그 사실을 일러주었다.

"귀머거리라고! 오, 이건 정말 나무랄 데 없는 교황님이로다!"

그때 주위에 있던 노파가 한마디 거들었다.

"마음이 내키면 말을 합니다. 종을 치느라고 귀머거리가 되었지만, 벙어리는 아닙니다."

"저건 나의 형인 부주교가 거둬 먹이는 종치기다! 이봐, 콰지모도, 잘 있었느냐?"

옆에 서 있던 장 프롤로도 덩달아 소리쳤다. 그러는 동안 거지 떼와 하인들, 소매치기들, 그리고 학생들이 한데 어울려 광대 교황에게 종이 관과 남루한 법의를 챙겨 입혔다. 그런 다음 울긋불긋하게 장식한 들것 위에 앉히고는 열두 명의 장정들이 어깨에 들쳐 멨다. 애꾸눈 괴물은 자신의 추악한 발 아래로 꼿꼿하고 잘 생긴 사내들이 들러붙어 있는 것을 보았다. 그 순간 눈썹 하나 까딱하지 않던 그의 우울한 표정에 일종의 고통스럽고도 경멸적인 기쁨이 스쳐 지나갔다. 이 요란한 행렬은 관례대로 재판소의 회장을 한 바퀴 돈 다음, 거리를 향해 나아갔다. 그런데 바로 그때 창문가에 붙어 있던 한 청년이 소리쳤다.

"에스메랄다다! 에스메랄다가 광장에 있다!"

이 외침은 마술과도 같은 효과를 나타냈다. 강당에 남아 있던 사람들은 일제히 창문으로 달려가거나 기둥으로 기어오르면서 되풀이해 소리쳤다.

"에스메랄다다! 에스메랄다야!"

바깥에서 우레 같은 박수소리가 들려왔다. 그때껏 연극을 재개하려는 실낱같은 희망을 품고 있었던 그랭그와르는 혼자 중얼거렸다.

"이놈들은 성가극을 보러 와가지고는 다른 것에 정신이 팔렸어! 추기경에게, 코프놀에게, 콰지모도에게, 그리고 악마에게까지! 광대 행렬이 강당을 떠나가도 성모 마리아에겐 전혀 관심이라곤 없지! 사람들의 얼굴을 보러 와서 등짝밖에 못 보고 가는 신세라니! 그런데 에스메랄다란 도대체 무얼 가리키는 걸까?"

4 황금 뿔의 염소

그는 비록 귀머거리였지만 마치 진짜 교황이라도 된 듯이 군중의 박수갈채를 즐겼다. 신자들이 미친놈이건 병신이건 아니면 거지나 도둑놈이건 그게 무슨 상관이랴! 지금은 모두 그의 백성들이고 그는 그들의 왕이었다.

1월에는 밤이 빨리 찾아온다. 그랭그와르가 재판소를 나섰을 때 거리는 이미 어두컴컴했다. 첫 연극이 실패로 돌아간 지금, 그는 방세가 반년이나 밀려 있는 하숙집으로 돌아갈 수도 없는 처지였다. 시청으로부터 연극의 대가로 받기로 한 돈을 결국 받지 못했던 것이다. 처연한 생각이 머릿속을 맴돌았다.

'그레브 광장으로 가보자. 거기엔 불놀이에 쓰던 화톳불이 아직 남아 있을 테니 몸은 녹일 수 있을 게다. 그리고 시에서 배급해주는 과자 부스러기라도 얻어먹을 수 있겠지……'

그랭그와르가 광장에 도착했을 때, 광장 한복판에는 그가 바라던 대로 장작불이 활활 타오르고 있었다. 그는 장작불 주위를 에워싸고 있는 군중을 가까스로 헤치고서 안쪽으로 가까이 들어갔다. 그러자 훨훨 타오르는 불 옆에서 인간인지 요정인지 천사인지 얼른 판단이 서지 않는 한 처녀가 춤을 추고 있는 것이 보였다. 그녀는 키가 크지는 않았지만 날씬한 몸매 때문에 커 보였다. 살갗은 갈색이었는데, 낮에 본다면 안달루시아나 로마의 여인들처럼 금빛으로 빛날 것이 틀림없었다. 그리고 작은 발은 고운 신에 꼭 죄게 감싸여 있었지만 불편한 느낌을 주지는 않았다. 그녀는 페르시아풍의 낡은 양탄자 위에서 마치 소용돌이치듯 빙글빙글 돌면서 춤을 추었다. 머리 위로 뻗어 올린 두 팔은 탬버린을 흔들고 있었고, 검은 두 눈은 어둠속의 별처럼 반짝였다. 말벌같이 가냘픈 허리, 치맛자락 밖으로 얼핏얼핏 드러나는 섬섬한 다리, 검은 머릿결, 그리고 아름답게 빛나는 두 눈은 아무리 생각해도 사람의 모습 같아 보이지 않았다.

"아, 저건 불도마뱀이다, 저건 님프다. 아니, 저건 여신이다!"

그랭그와르는 자신도 모르게 중얼거렸다. 그때 그녀의 머리가 풀어지면서 거기에 꽂혀 있던 구리 머리핀이 바닥으로 떨어졌다.

"뭐야! 집시 여자로구만!"

그랭그와르는 마법에서 깨어난 듯 다시 중얼거렸다. 그녀는 이번에는 두 자루의 칼을 집어 들고서 다시 춤을 추기 시작했다. 기쁨처럼 희번덕거리는 장작불이 넋을 빼고 바라보는 사람들의 얼굴을 주홍빛으로 물들이고 있었다. 그런데 수많은 얼굴들 가운데 그 누구보다도 그녀를 뚫어지게 쳐다보는 사내가 있었다. 군중 속에 옷차림이 가려진 그 사내의 얼굴은 준엄하면서도 침울했다. 나이는 서른 다섯 가량 되어 보였고, 대머리였으며, 관자놀이 쪽에 반백의 머리 칼이 몇 뭉치 붙어 있었다. 높고 넓은 이마에는 주름살이 패기 시작 했지만 움푹 들어간 눈에는 비상한 젊음과 열정이 웅숭깊게 깃들어 있었다.

집시 여자가 즐거워하는 군중에 둘러싸여 미친 듯이 춤을 추는 동안 사내의 얼굴은 점점 더 침울해져가는 듯 보였다. 때때로 미소 와 한숨이 그의 입술 위에서 마주쳤는데, 미소는 한숨보다 더 고통 스러워 보였다. 처녀는 숨이 차올라 마침내 춤을 멈추었고 사람들 은 박수갈채를 보냈다.

"잘리!" 하고 그녀가 불렀다. 그러자 양탄자 한쪽 구석에서 반들 반들한 흰 털을 가진 작은 염소 한 마리가 일어났다. 염소의 뿔과 다리는 금빛으로 물들어 있었는데, 목에는 금빛 목걸이까지 걸고 있었다.

"잘리, 이제 네 차례야."

그녀는 염소 앞으로 탬버린을 내밀면서 부드러운 목소리로 말했다.

"잘리, 지금이 무슨 달이지?"

염소는 금빛 앞발을 들어 탬버린을 한 번 두드렸다. 1월, 정답이었 다. 사람들이 박수를 보냈다. 처녀는 탬버린의 뒤쪽을 보이면서 염 소에게 다시 물었다.

"잘리, 오늘은 며칠이지?"

염소는 앞발로 정확하게 여섯 번을 두드렸다. 처녀는 탬버린을 다시 앞쪽으로 돌리고는 염소에게 물었다.

"잘리, 지금은 몇 시지?"

염소는 탬버린을 일곱 번 두드렸는데, 그때 마침 광장 건물의 시계가 일곱 시를 울렸다. 사람들은 혀를 내두르며 감탄했다.

"마술을 쓰고 있는 거야." 하고 군중 속에서 음산한 목소리가 들려왔다.

목소리의 주인공은 아까부터 집시 여자를 뚫어지게 쳐다보고 있던 대머리 사내였다. 그녀는 소스라치며 돌아다보았다. 그러나 요란한 박수소리가 그 음산한 목소리를 지워버렸다. 박수와 환호소리에 마음이 놓인 그녀는 다시 염소에게 질문하기 시작했다.

"잘리, 기샤르 그랑 레미 기마대장님은 성촉절聖燭節* 축하 행렬 때 어떻게 하시지?"

염소는 뒷발로 서더니 '매에, 매에' 하고 울면서 아주 점잖게 걸어갔다. 이 모습은 기마대장의 겉치레 신앙심을 풍자하는 것처럼 보여 사람들의 폭소를 자아냈다. 처녀는 사람들의 호응이 점점 더 커져가는 데 힘입어 또다시 물었다.

"잘리, 교회 법원의 검사 자크 샤르몰뤼 나리는 어떻게 설교하시지?"

염소는 엉덩이를 땅에 붙이고 앉더니 울음소리를 내면서 어찌나 희한하게 앞발을 흔들어대던지, 억양도 태도도 마치 자크 나리가

---

* 2월 2일에 행해지는 그리스도의 봉헌축일로서 봄을 맞이하는 민중 축제와 이어진다.

그 자리에 와 있는 듯했다. 사람들의 박수소리는 더욱 높아졌다.

"신성모독이다! 불길한 모독이야!"

대머리 사내가 다시금 외쳤다.

"어머나, 저 밉살스런 남자!"

처녀는 버릇인 양 아랫입술을 뾰로통하게 내밀면서 중얼거렸다. 그러고는 발꿈치로 뱅그르르 돌더니 가지고 있던 탬버린을 사람들 앞으로 내밀었다. 동전이 비 오듯 그 안으로 쏟아졌다. 그녀는 그랭그와르가 주머니에 손을 집어넣고 있자 그 앞으로 다가와 걸음을 멈추었다.

"제기랄!"

그의 주머니는 텅 비어 있었다. 그렇지만 아리따운 처녀는 그 커다란 눈으로 그를 바라보면서 탬버린을 계속 내밀고 있는 것이었다. 그는 등줄기로 땀이 흐르는 것을 느꼈다. 그런데 다행히 뜻하지 않은 일이 일어났다.

"가버리지 못하겠느냐! 이 이집트 메뚜기야!" 하고 외치는 소리가 광장의 가장 컴컴한 구석에서 터져 나왔다.

처녀는 흠칫 놀라면서 그쪽을 돌아다보았다. 이번에는 대머리의 목소리가 아니라 신앙심이 깊으면서도 증오가 서린 여인의 목소리였다. 부근에서 얼쩡거리고 있던 아이들이 그 목소리를 듣더니 소란스레 웃어대면서 소리쳤다.

"로랑 저택의 은자隱者 할머니다! 할머니가 저녁을 못 드셨나? 입고 있는 자루가 으르렁거리고 있네. 시에서 배급하는 과자라도 갖다 주자!"

아이들이 소란을 피우는 사이에 그랭그와르도 거북한 그 자리를 피해 시에서 운영하는 식당으로 갔다. 하지만 그곳에는 과자 부스러기조차 남아 있지 않았다. 서글픔이 뼛속 깊이 파고들었다. 그런데 어디선가 감미롭기 그지없으면서도 가슴에 절절히 맺혀드는 애처로운 노랫소리가 들려왔다. 바로 집시 여자가 부르는 노랫소리였다. 그녀의 목소리는 그녀의 춤이나 아름다움과 매한가지였다. 그는 집시 여자의 노랫소리에 귀를 기울이면서 그날 처음으로 자신의 모진 괴로움을 잊을 수 있었다.

그때 햇불을 밝힌 광대 교황 일행이 광장으로 쏟아져 들어왔다. 재판소를 나선 이 행렬은 도중에 파리의 부랑자와 거지들이 합세하는 바람에 어마어마하게 불어나 있었다. 학생들과 이집트 집시들, 심지어 악을 쓰며 울어대는 아이를 들쳐 업은 여인네들까지 한데 뒤섞인 모습이었다. 행렬의 한복판에는 흑사병이 퍼졌을 때 성聖 즈느비에브의 성골함을 밝힌 촛불*보다 훨씬 더 많은 수의 촛불로 에워싸인 들것이 옮겨지고 있었는데, 그 들것 위에는 홀장笏杖**을 짚고 종이 관을 쓴 광대 교황, 즉 노트르담의 종지기인 콰지모도가 의기양양하게 앉아 있었다.

광장으로 오는 동안 콰지모도의 추악하고 음울한 얼굴이 얼마

---

* 성 즈느비에브Sainte-Genevieve는 기도로서 외적의 침입을 막아냈다는 파리의 수호 성녀이다. 중세 시대의 파리 시민들은 도시에 위험이 닥치게 되면 그녀의 유골이 들어 있는 성골함을 들고 촛불행진을 했다.
** 교황이 짚고 다니는 지팡이.

나 큰 만족과 행복으로 빛나고 있었는지는 이루 말로 다 설명하기 어렵다. 그는 난생 처음 자부심이라는 것을 느낄 수 있었다. 이제껏 자기 처지에 대한 모멸감과 자기 몸에 대한 수치감밖에 몰랐던 터라, 그는 비록 귀머거리였지만 마치 진짜 교황이라도 된 듯이 군중의 박수갈채를 즐겼다. 신자들이 미친놈이건 병신이건 아니면 거지나 도둑놈이건 그게 무슨 상관이랴! 지금은 모두 그의 백성들이고 그는 그들의 왕이었다. 사람들의 환호 속에는 물론 조롱과 풍자가 섞여 있었다. 하지만 그에 대한 현실적인 두려움도 아주 없는 것은 아니었다. 그는 꼽추였지만 강건했고, 앙가발이면서도 날쌨으며, 귀머거리면서도 악독했다. 이 세 가지 장점이 그를 완전히 바보 취급할 수 없게 만들었던 것이다.

쾌지모도가 이렇듯 몽롱한 황홀경에 잠겨 있을 때, 한 사내가 난데없이 구경꾼들 사이에서 뛰쳐나와 쾌지모도의 금빛 홀장을 낚아챘다. 조금 전에 집시 처녀에게 위협적인 말을 던졌던 바로 그 대머리 사내였다. 그는 신부의 옷차림을 하고 있었다. 그랭그와르는 흠칫 놀라면서 중얼거렸다.

"아니, 저 분은 클로드 프롤로 부주교님이 아니신가! 잘못하다가는 저 꼽추에게 잡아먹히겠군."

과연 군중 속에서 공포의 외침이 터져 나왔다. 무시무시한 쾌지모도가 들것에서 뛰어내렸고, 여자들은 신부의 사지가 찢겨나가는 것을 보지 않으려고 고개를 돌렸다. 그런데 쾌지모도가 신부 앞으로 껑충 뛰어가 무릎을 꿇는 것이 아닌가! 신부는 당장에 쾌지모도의 교황관을 벗기고, 홀장을 두 동강 내고, 번득거리던 법의는 찢어 버렸다. 콰지모도는 여전히 무릎을 꿇은 채 두 손을 공손하게 맞잡고 있었다. 그러고 나서 두 사람은 신호와 몸짓만을 주고받는 이상한 대화를 시작했다. 어느 쪽도 입을 열지 않았다. 신부는 우뚝 버티고 서서 화를 내며 명령을 하고, 콰지모도는 엎드려 애원하는 것 같았다. 힘으로 한다면야 콰지모도가 엄지손가락 하나로도 상대를 으깨버릴 수 있을 것이었다. 신부는 콰지모도의 단단한 어깨를 사정없이 잡아 흔들면서 따라오라고 손짓했다. 콰지모도는 순순히 일어섰다.

잠시 어리둥절하고 있던 광대 행렬은 그제야 옥좌에서 쫓겨난 자신들의 교황을 되찾으려고 했다. 그들은 신부를 금세 에워싸고서 고함을 질러댔다. 그러자 콰지모도가 당황한 신부 앞에 나서서 성난 호랑이처럼 이빨을 아드득 갈며 사람들을 노려보았다.

신부는 다시금 원래의 침울하고 위엄 있는 모습을 되찾고는, 이내 콰지모도에게 뭐가 손짓을 하더니 말없이 발길을 옮겼다. 콰지모도는 길을 가로막고 있는 사람들을 쫓아내면서 신부보다 앞서 걸어갔다. 그러다가 한 떼의 건달 같은 무리들이 뒤따르자 뒤편으로 가 뒷걸음을 치면서 신부를 따라갔다. 산돼지 같은 어금니를 드러내고 들짐승처럼 으르렁거리면서 주먹을 내젓는 콰지모도의 모습은 사람들을 두려움에 얼어붙도록 만들었다. 사람들은 그 둘이 어둡고 좁은 거리로 들어서는 모습을 눈으로만 쫓을 뿐, 그 누구도 감히 뒤따라갈 엄두를 내지 못했다.

"정말 대단하군. 그런데 어디서 요기를 할 수 있을까?"

그랭그와르는 다시금 자신의 처지로 되돌아가 중얼거렸다.

5. 납치 혹은 페뷔스와의 만남

콰지모도에게 동행이 있었다는 사실이 기억나면서, 부주교의 음울하고 준엄한 얼굴이 겹쳐지는 것이었다. 그러다가 그랭그와르는 다시 현실로 되돌아와 혼자 외쳤다.
"그렇다! 나는 지금 얼어 죽을 것 같구나!"

그랭그와르는 광장에서 집시 처녀를 다시 발견하자 무턱대고 그 뒤를 따라가기 시작했다. 그녀는 염소를 데리고 쿠텔르리 거리로 접어들었다. 진정한 거리의 시인인 그랭그와르는 어디로 가는지도 모르는 채 아름다운 여인을 마냥 쫓아가는 것보다 더 좋은 공상거리는 없다는 사실을 진작부터 알고 있었다. 게다가 그는 대충 이런 생각을 하고 있었다.

'저 여자는 그래도 숙소는 있을 거야. 그리고 보헤미아 여자들은 인정이 많지… 혹시 누가 알아?'

밤이 깊었기 때문에 거리에는 사람들의 발길이 뜸했다. 이윽고 처녀는 뒤따라오는 그랭그와르를 눈치 채고는 걱정스레 뒤를 힐끔힐

끔 돌아다보았다. 불빛이 새어나오는 어느 빵집 앞에 이르자, 그녀는 걸음을 뚝 멈추고서 그를 위아래로 유심히 훑어보았다. 그러고는 약간 멸시하는 듯한 표정으로 입을 뾰로통하게 내밀었다. 그는 고개를 푹 숙인 채 좀더 멀찌감치 처져서 그녀를 따라가기 시작했다.

어느 길모퉁이에 이르러 그녀가 보이지 않게 되었을 때였다. 갑자기 날카로운 비명소리가 들려왔다. 그랭그와르는 순간적으로 소리 나는 쪽을 향해 달려갔다. 두 괴한이 버둥거리는 처녀의 입을 틀어막는 모습이 보였다. 가엾은 염소새끼는 겁에 질려 '메에, 메에' 울부짖고 있었다.

"이보시오, 순찰대 양반들!"

그랭그와르는 용감하게 소리치며 다가갔다. 괴한 중 하나가 돌아다보았다. 뜻밖에도 콰지모도의 흉측한 얼굴이었다. 그랭그와르는 줄행랑을 놓지는 않았지만 그 이상 한 걸음도 더 나아가지 못했다.

콰지모도가 그에게 다가왔다. 꼽추는 손등으로 그를 후려쳐 네 발자국 정도 떨어진 곳에 나동그라지게 하고는 한 팔로 재빨리 처녀를 휘감고서 어둠속으로 사라졌다.

"사람 살려요! 사람 살려요!" 불쌍한 소녀의 비명소리가 계속해서 들려왔다. 그때였다. "거기 서라, 몹쓸 놈들아. 그 계집을 놓아라!"

가까이 있는 네거리에서 난데없이 나타난 기병 하나가 벽력같이 소리쳤다. 그는 왕실 근위대의 대장이었다. 근위대장은 어리둥절해 있는 콰지모도의 팔에서 집시 처녀를 빼내어 말안장 위에 뉘였다. 그 흉측한 꼽추가 제정신을 차리고 자신의 약탈물을 도로 빼앗으려고 달려드는 순간, 무장한 십여 명의 근위병들이 새로이 나타났다. 콰지모도는 이들에게 에워싸여 있다가 붙잡혀 결박당했다. 그는 포효했고 거품을 품어대면서 미친 듯이 날뛰었다. 꼽추와 함께 있던 다른 괴한은 싸움을 틈타 이미 사라져버리고 없었다.

집시 처녀는 안장 위에서 자세를 바로잡았다. 그러고는 근위대장의 잘생긴 용모와 자신에게 베풀어준 구원의 손길에 마음이 사로잡힌 듯한 표정으로 그를 뚫어지게 바라보았다. 이윽고 그녀는 자신의 부드러운 목소리를 한층 더 부드럽게 하면서 그에게 말했다.

"성함이 어떻게 되시는지요, 대장님?"

"나는 페뷔스 드 샤토페르 근위대장입니다! 우리 예쁜 아가씨."

그는 몸을 곧추세우며 대답했다.

"감사합니다."

답례를 한 처녀는 페뷔스 대장이 자신의 콧수염을 점잖게 쓰다듬는 순간 재빨리 땅으로 내려와 번개처럼 어둠속으로 사라져버렸다. 콰지모드의 결박을 옆에서 조이고 있던 근위대원 하나가 말했다.

"꾀꼬리는 날아가고 박쥐만 남아버렸네요."

콰지모도에게 맞아 정신을 잃었던 그랭그와르는 길바닥에서 올라오는 차가운 기운에 차차 깨어났다. 그러자 조금 전에 있었던 일이 떠올랐다.

"괴물 같은 애꾸눈 꼽추 자식!"

그랭그와르는 이를 갈며 일어나려고 애썼다. 하지만 다친 곳이 너무 아파서 그냥 누워 있을 수밖에 없었다. 두 괴한 사이에서 집시 처녀가 몸부림치던 납치 장면이 다시금 떠올랐다. 그러자 콰지모도에게 동행이 있었다는 사실이 기억나면서, 부주교의 음울하고 준엄한 얼굴이 겹쳐지는 것이었다. 그러다가 그랭그와르는 다시 현실로 되돌아와 혼자 외쳤다.

"그렇다! 나는 지금 얼어 죽을 것 같구나!"

6. 항아리를 깨다

그런데 그와 동시에 장님이 걸음을 재촉하기 시작하더니, 앉은뱅이가 벌떡 일어서고, 절름발이가 목발을 거꾸로 들고는 뒤를 쫓아오는 것이었다. 그랭그와르는 깜짝 놀라 달리기 시작했다. 장님도 달리고 절름발이도 달리고 앉은뱅이도 달렸다. 골목으로 달려 들어갈수록 마치 진창 속을 기어가는 달팽이 같은 모습의 인간들이 득실대고 있었다. 어떤 이들은 지하실 환기창에서 기어 나오고, 어떤 이들은 아우성을 치며 진창 속에 뒹굴고 있었다.

거리의 숱한 모서리에 머리를 찧고 숱하게 진창물을 뛰어넘으면서 중앙시장의 캄캄하고 미로 같은 길들을 가로질러 가던 그랭그와르는 문득 걸음을 멈췄다. 우선 숨이 찼고, 그 다음은 어차피 갈 곳도 없었기 때문이었다. 그때 어느 좁고 긴 골목길 끝 쪽에서 불그스름한 불빛 같은 것이 보였다. 그 빛은 마치 난바다에서 발견한 등대 불빛처럼 그에게 일말의 희망을 안겨다주었다.

"Salve, maris stella!(안녕, 바다의 별이여!)" 하고 외치며 그랭그와르는 그 기다란 골목길 안으로 들어섰다. 그런데 진흙투성이의 골목길을 따라 무언가 막연하고 형체 모를 덩어리 같은 것들이 불빛을 향해 기어가고 있는 모습이 눈에 띄었다. 그 중 하나에 가까이 다가가보니 그것은 두 손으로 엉금엉금 기어가고 있는 앉은뱅이였다. 순간, 앉은뱅이는 눈먼 거미처럼 비칠거리며 그에게 구걸했다.

"한 푼 줍쇼! 부디 적선합쇼!"

"이 자식아, 악마에게나 잡혀가라!" 하고 그랭그와르는 쏘아붙였다. 앉은뱅이 옆에는 또 다른 것이 뭉그적거리고 있었는데, 그 놈은 나무로 만든 의족에 목발을 절룩거리면서 다가와 흉측한 조막손을 내밀었다.

"기사님, 부디 빵 한 조각 살 돈을!"

그랭그와르는 개의치 않고 발걸음을 재촉하려 했다. 하지만 세 번째로 어떤 것이 그의 앞길을 가로막았다. 어떤 것이라기보다도 이 어떤 사람은, 유태인 모양으로 수염을 기른 난쟁이 장님이었다. 그는 자신의 지팡이로 노를 젓는 시늉을 하면서 커다란 개에게 이끌려가고 있었다. 그 역시 콧소리를 내면서 그랭그와르에게 구걸했다.

"적선합쇼!"

"이보시게, 지난주에 난 나의 마지막 외투를 팔았다네."

그랭그와르는 그렇게 말하고 나서 계속 길을 걸어갔다. 그런데 그와 동시에 장님이 걸음을 재촉하기 시작하더니, 앉은뱅이가 벌떡 일어서고, 절름발이가 목발을 거꾸로 들고는 뒤를 쫓아오는 것이었다. 그랭그와르는 깜짝 놀라 달리기 시작했다. 장님도 달리고 절름발이도 달리고 앉은뱅이도 달렸다. 골목으로 달려 들어갈수록 마치 진창 속을 기어가는 달팽이 같은 모습의 인간들이 득실대고 있었다. 어떤 이들은 지하실 환기창에서 기어 나오고, 어떤 이들은 아우성을 치며 진창 속에 뒹굴고 있었다.

결국 그랭그와르는 골목길 끝에서 그들에게 붙잡히고 말았다. 화톳불이 여기저기에서 환하게 타오르고 있던 그곳은, 거지들과 거짓 불구자들, 우상숭배자들과 창녀들, 그리고 온갖 종족의 무뢰한들과 도둑놈들까지 한데 어울려 사는 악의 소굴이었던 것이다.

"여기가 어디요?"

그랭그와르가 겁에 질려 물었다.

"기적궁奇蹟宮*이다. 이 놈을 왕한테 데리고 가자!"

"그래, 이 놈을 왕한테 끌고 가라!"

불빛을 배경으로 일정하지 않은 그림자들이 커다랗게 섞여서 흔들리고 있는 땅 위로, 사람처럼 생긴 더러운 개가 지나가는가 하면 개처럼 생긴 사람이 시커먼 벽을 따라 걸어가는 것이 보였다. 이상하리만치 큰 얼굴을 가진 늙은 여자들은 한곳에 몰려 앉아 새된 웃음소리를 흘리고 있었다. 그랭그와르가 조금 전에 만난 거짓 장님과 거짓 절름발이, 그리고 거짓 앉은뱅이가 그를 커다란 통 위에 앉아 있는 한 거지에게로 끌고 갔다. 통 위에 앉아 있던 그들의 거지 왕이 말했다.

"이 불한당은 누구냐?"

---

* 오늘날의 파리 중심부에 위치한 중앙시장Les Halles 근처에 있던 부랑자 소굴을 가리킨다. 이 소굴은 17세기 중반에 이르러 파리 경찰에 의해 폐쇄됐다.

"두목님. 아니, 폐하… 각하… 어떻게 불러야 하는지요?"

그랭그와르는 더듬거리며 물었다.

"네 맘대로 불러도 좋아. 하지만 변명할 것이 있으면 지금 하라!"

"저는 오늘 아침에……"

"듣기 싫어! 이름부터 대라, 이 등신아! 너는 세 분의 지고한 군주들 앞에 서 있는 것이야. 나는 거지 왕국의 왕초 클로팽 트루이프, 다음은 이집트와 보헤미안의 공작인 앙가디 스피칼리, 그 다음은 저쪽에서 계집년을 어루만지고 있는 갈릴리의 왕이신 기욤 루소님이시다. 우리들은 너를 심판할 것이다. 네 놈은 우리 왕국에 무단으로 침입했다. 네가 도둑놈이나 거지가 아니라면, 우리들의 법에 따라 벌을 받아야 한다. 그러니 네 신분을 밝혀라!"

"아, 서글픈 일이오만, 저는 그런 명예를 가지지 못했습니다. 제 이름은 피에르 그랭그와르, 작가입니다."

"그것으로 충분하다. 너를 교수형에 처하겠다. 선량한 시민이여, 너희가 속한 사회에서 우리를 다루는 것과 같이 우리는 너를 처벌하는 것이다." 거지 왕은 끔찍한 선고를 내렸다.

"황제시여, 시인은 거지들의 친구가 될 수 있지 않겠습니까? 방랑자 이솝도 그러했고, 호메로스는 거지였으며, 메르쿠리우스는 도둑들과 어울리고……"

그랭그와르는 몹시 다급한 마음에 그렇게 말했다. 하지만 거지 왕은 그의 말을 가로막았다.

"알아들을 수 없는 요사스런 사설이로다. 어림없지. 구차하게 굴지 말고 네 목을 얼른 내놓아라."

"오, 황제시여, 저의 말을 좀더 들어봐 주십시오. 제발 잠시라도……."

그의 목소리는 사방에서 들려오는 시끄러운 소음들에 묻혀버렸다. 갓난아이들의 끊어질 듯한 울음소리가 계속해서 들려왔고, 어떤 늙은 여자의 프라이팬에서는 대체 무얼 올려놓았는지 기름 튀는 소리가 요란하기 짝이 없었다. 그러는 동안 거지 왕은 다른 왕초들과 무언가 의논을 하더니 자리에서 내려와 프라이팬을 발로 걷어차 버렸다. 그러고는 부하들에게 이동식 교수대를 가져오도록 명령한 다음 다시 입을 열었다.

"네가 교수형을 면할 방법을 하나 제시할까 하노라. 우리는 너를 시험해볼 것이다."

"저 놈이 나에게 무엇을 시키려고 하는 거지?"

그랭그와르는 마음 졸이며 혼자 중얼거렸다. 곧 거지패들이 왕초의 지시에 따라 방울이 주렁주렁 달린 붉은 옷을 입힌 커다란 허수아비를 교수대 밧줄에 매달았다. 밧줄에 매달려 흔들리던 허수아비의 방울소리가 겨우 멎자, 거지 왕이 그랭그와르에게 물었다.

"시험을 치러보겠는가?"

"네, 물론입니다."

"좋다. 저 발판 위에 올라가서 두 다리를 서로 꼬고서 한 발로 서라. 그런 다음 그 옆의 교수대에 매달린 허수아비의 주머니를 뒤져 지갑을 훔쳐내면 된다. 다만 그때 방울이 단 하나라도 울리면 너는 허수아비를 대신해 곧장 교수형이다."

패거리들은 박수갈채를 보내면서 그 주위를 에워쌌다. 그랭그와르에게는 선택의 여지가 없었다. 그는 발판 위로 올라갔다. 그런 다음 두 발을 꼬고서 한 발을 들어올렸다. 간신히 손을 허수아비에게 뻗쳤다. 발판이 흔들렸다. 그 순간 그랭그와르는 발판에서 떨어지면서 허수아비를 손으로 잡고 말았다. 하나가 아니라 수백 개의 방울들이 요란하게 울렸다. 땅바닥에 얼굴을 파묻고 있는 그의 귀에 거지 왕의 목소리가 아련히 들려왔다.

"목을 달아매라!"

교수대 앞으로 끌려간 그랭그와르는 주위를 둘러보았다. 아무런 희망도 보이지 않았다. 모두들 커다랗게 웃고 있었다.

잠시 후 거지 왕은 집행 신호를 내리려다 말고 불현듯 무슨 생각이 들었는지 이렇게 외쳤다.

"잠깐! 깜박 잊어버리고 있었다. 우리의 관례상, 네 놈의 색시가 되겠다는 여자가 있으면 너를 살려주마! 이것이 너의 마지막 희망이다. 거지 계집과 혼인하지 못하면, 교수대의 밧줄과 혼례를 치러야 할 것이다."

거지 왕의 말이 끝나자 기적궁 여자들 몇몇이 그에게 다가왔다. 하지만 그가 빈털터리임을 확인하고는 모두들 돌아섰다. 마지막으로 늙고 눈에 거슬릴 만큼 추하게 생긴 여자가 다가와 그랭그와르의 주위를 맴돌았다. 그러더니 "이건 너무 말라깽이군." 하고 떠나가 버렸다. 그랭그와르에게 남아 있던 실낱같은 희망마저 물거품이 되었다.

"그래, 아무도 원하지 않는단 말이지? 친구여, 그대는 불행하구나." 하고서 거지 왕이 손을 드는 순간, 군중 뒤편에서 고함소리가 들려왔다.

"에스메랄다! 에스메랄다가 왔다!"

몰려 있던 군중들이 갈라서면서 눈부시게 아름다운 집시 처녀가 나타났다. 그레브 광장에서 염소와 함께 춤을 추었던 그녀가 나타나자, 기적궁 사람들의 짐승 같은 얼굴에 환한 미소가 번졌다.

"에스메랄다!"

그랭그와르도 이 마술적인 말을 되뇌었다. 그녀는 사뿐사뿐 걸어서 수형자 옆으로 다가가더니, 거지 왕에게 물었다.

"이 남자의 목을 매달려고 하는 건가요?"

"그렇다. 나의 누이여."

그녀는 아랫입술을 버릇처럼 삐죽거리더니 다시 말했다.

"내가 갖겠어요."

사람들이 재빨리 밧줄을 풀고 시인을 발판 위에서 내려오게 했다. 그는 그 자리에서 주저앉고 말았다. 옆에 있던 이집트 공작이 한마디 말도 없이 진흙으로 빚은 단지 하나를 가져왔다. 집시 처녀는 그것을 받아 그랭그와르에게 내밀며 말했다.

"이것을 바닥에 던지세요."

단지는 네 조각으로 깨졌다. 이집트 공작은 이윽고 두 사람의 머리에 손을 얹고 말했다.

"형제여, 이 여자는 네 아내다. 누이여, 이 남자는 네 남편이다. 단 4년 동안만!"

7. 혼례의 밤

"군인이 되었지만, 난 충분히 용감하질 못했어요. 수도사도 되어보았지만, 난 신앙
심이 깊질 못했지요. 목수도 되려고 했지만, 난 힘이 세질 못했어요. 더군다나 술도
제대로 마시질 못해요. 얼마쯤 뒤에 나는 무엇을 하든 뭔가가 항상 모자란다는 것
을 깨닫게 되었어요. 그 깨달음 후에 나는 시인이 되었답니다."

잠시 후 우리들의 시인 그랭그와르는 천정이 궁륭 모양으로 생긴 따
스하고 작은 방에 들어와 있었다. 식탁을 앞에 두고 마주앉은 아리
따운 집시 처녀를 바라보면서, 그는 자신이 동화 속의 주인공이 되
었음을 몇 번이고 다시금 확인해보는 것이었다. 이윽고 그는 묵묵히
상념에 빠져 있는 듯한 집시 처녀에게 다가가 그녀의 허리를 넌지시
손으로 휘감았다. 그러자 그녀는 놀란 토끼처럼 빠져나가 방구석에
몸을 기대고는 품속 어딘가에서 재빨리 비수를 빼어들었다. 입술은
부풀어 오르고, 눈에서는 날카로운 광채가 번쩍였으며, 가슴은 거
칠게 들먹이고 있었다.

"아, 용서하십시오, 아가씨."

우선 겸연쩍게 사과부터 한 다음, 그랭그와르는 다시 말을 이었다.

"그런데 아가씨가 왜 나를 남편으로 삼았는지 궁금하군요."

이윽고 집시 처녀도 침묵을 깼다.

"그럼 멀쩡한 사람이 교수형당하는 꼴을 보고만 있으란 말이에요?"

"아, 그렇다면 당신은 나를 구해줄 생각으로 결혼했다는 말인가요? 나를 사랑하는 것이 아닌가요?"

"당연하죠!"

"알겠습니다. 나는 당신이 허락하지 않는 한 당신에게 접근하지 않겠다고 하늘에 맹세하겠습니다. 하지만 저녁밥은 좀 주시지오."

그랭그와르는 마침내 환상 속에서 어렴풋이 깨어났다. 사실 그는 아가씨들을 강탈하는 기사풍이나 기병대풍의 족속은 아니었다. 다른 모든 일에서와 마찬가지로 연애에서도 그는 적절한 기회를 기다리고 절충을 바라는 편이었다.

일단 차려준 저녁을 배부르게 먹고 난 다음, 그는 에스메랄다에게 다시 말을 걸었다.

"그럼 나를 남편 대신 친구로 삼을 생각은 없나요?"

에스메랄다는 그를 한참 동안 쳐다보다가 입을 열었다.

"가능하겠죠."

그녀의 대답이 시인의 사기를 북돋아주었다. 그는 재차 물었다.

"그럼 우정이란 무엇인지 아나요?"

"그럼요. 그건 오빠와 누이 같은 것이지요. 두 넋이 서로 섞여들지 않고 마주 닿는 것, 한 손의 두 손가락 같은 것이지요."

"그럼 사랑이란?"

"아, 사랑이란! 그것은 둘이면서도 서로 섞여 완전히 하나가 되는 것이지요. 하나의 천국을 만드는 것이지요."

그녀의 목소리는 가늘게 떨렸고, 내리깐 기다란 속눈썹 밑에서는 무어라고 형언하기 어려운 빛이 솟아나왔다.

"그럼 당신 마음에 들기 위해서는 어떻게 하면 좋겠습니까?"

"머리에 투구를 쓰고 손에 검을 쥐고 발에 금빛 박차를 단 남자라야 돼요."

"말을 탄 기사여야만 된다는 것이군요. 누군가 사랑하는 사람이라도 따로 있는 것인가요?"

그녀는 잠시 상념에 사로잡혀 있다가 조금은 얄궂은 표정을 지으며 대답했다.

"곧 알게 되겠지만, 난 나를 지켜줄 수 있는 남자밖에는 사랑하지 않아요!"

그랭그와르의 얼굴이 붉어졌다. 몇 시간 전 집시 처녀가 위험에 빠졌을 때 제대로 도와주지 못했던 일이 떠오른 것이었다.

"깜빡 잊고 있었군요. 콰지모도의 손아귀에서 어떻게 빠져나올 수 있었나요?"

"아아, 끔찍한 꼽추!"

그녀는 몸서리치면서 말했다. 하지만 잠시 후 얼굴 가득 미소를 짓더니, 이내 한숨을 내쉬고는 침묵을 지켰다.

"아가씨, 그 놈이 당신 뒤를 쫓아온 이유를 알고 있나요?"

"모르겠어요. 그런데 당신은 왜 저를 미행한 거죠?"

"솔직히 말해서, 저도 왜 그랬는지 모르겠네요." 하고 대답하면서 시인은 새로운 질문을 건넸다.

"어째서 사람들이 당신을 에스메랄다라고 부르지요?"

그녀는 목에 걸고 있던 작은 주머니를 가슴 속에서 꺼냈다. 초록빛 명주로 만들어진 주머니 한가운데에 에메랄드 비슷한 유리세공품이 이국적인 향기를 은은히 풍기며 달려 있었다.

"아마 이것 때문일지 몰라요."

"누가 준 것인가요?"

그녀는 입가에 손을 갖다 대고는 주머니를 다시 가슴 속에 감추었다.

"부모님들은 계시나요?"

그녀는 대답 대신 불현듯 노래를 부르기 시작했다.

아버지는 작은 새
어머니도 작은 새
나는 거룻배 없어도 물을 건너고
나는 돛단배 없어도 물을 건너네
어머니는 작은 새
아버지도 작은 새

"음… 몇 살 때 프랑스에 왔나요?"

"아주 어려서요. 파리에는 작년부터 있었어요."

집시 처녀가 스스럼없이 대답을 해주자, 시인은 자신의 이야기를 주섬주섬 늘어놓기 시작했다.

"제 이름은 피에르 그랭그와르, 여섯 살 때 파리에서 부모를 여의고 고아가 되었지요. 시장에서 빵이나 과일을 얻어먹으며 자랐답니다. 열여섯 살 때부터는 직업을 가지려고 여러 가지 일들을 했어요. 군인이 되었지만, 난 충분히 용감하질 못했어요. 수도사도 되어보았지만, 난 신앙심이 깊질 못했지요. 목수도 되려고 했지만, 난 힘이 세질 못했어요. 더군다나 술도 제대로 마시질 못해요. 얼마쯤 뒤에 나는 무엇을 하든 뭔가가 항상 모자란다는 것을 깨닫게 되었어요. 그 깨달음 후에 나는 시인이 되었답니다. 다행히 어느 날 노트르담 성당의 부주교인 클로드 프롤로를 만났어요. 그 분은 나에게 라틴어와 시학, 그리고 연금술까지 가르쳐주셨어요. 어찌 되었든, 당신이 원한다면 우리는 의좋은 남매처럼 살아도 될 겁니다."

시인이 이야기를 하는 동안 처녀는 그저 조용히 마룻바닥을 응시하고 있을 뿐이었다. 그녀가 나직하게 말했다.

"페뷔스."

그녀는 곧 시인을 쳐다보고 물었다.

"페뷔스란 무슨 뜻인가요?"

"그것은 태양을 뜻하는 라틴어랍니다."

"태양!"

"그것은 신화에 등장하는 사수射手의 이름이기도 하죠."

"신이로군요!"

그때 그녀의 팔찌 하나가 바닥에 떨어졌다. 시인은 팔찌를 주우려고 얼른 허리를 구부렸다. 그가 다시 일어났을 때 처녀는 염소와 함께 이미 사라지고 없었다. 혼자 남게 된 시인은 혼잣말로 중얼거렸다.

"섭섭한 일이군. 단지를 깨뜨리는 이 혼례에는 천진난만하고도 시대에 뒤떨어진 면이 있어."

8. 노트르담의 영혼들

열아홉에 고아가 되고 형이 되고 가장이 된 그는 동생에게 열성을 다했다. 책밖에는 사랑하지 않았던 그에게 인간에 대한 애정이란 참으로 이상하고도 즐거운 것이었다.

파리의 노트르담 대성당은 오늘날까지도 장엄하고 숭고한 건축물임에 틀림없다. 또한 오랜 세월을 견뎌오면서 무수히 풍화되고 훼손되었음에도 프랑스의 역사를 그대로 간직하고 있다. 첨두 아치형으로 뚫린 세 개의 현관문과 양쪽 측면에 두 개의 창을 거느린 중앙의 거대한 원화창圓華窓*, 그리고 하늘로 높이 솟은 두 개의 검은 탑은 그 앞에 선 사람에게 어떤 고요한 위대성을 보여준다. 더불어 헤아릴 수 없이 많은 갖가지 석상들과 조각들로 장식되어 있다. 노트르담 성당의 뾰족한 종탑 위에서 파리 시내를 내려다보면, 꾸불

---

* 창살을 꽃송이 모양으로 만든 둥근 창문. '장미의 창'이라고도 불린다.

꾸불하고 좁다란 수많은 길들과 옹기종기 들어박힌 집들이 나름의 아름다움을 드러낸다.

우리의 이야기는 16년 전으로 거슬러 올라간다. 그 해 부활절 다음 첫 일요일의 아침 미사가 끝나고 난 뒤였다. 성당 앞뜰의 왼쪽 편에는 조그만 나무침대가 박혀 있는데, 그 위에 살아 있는 피조물 하나가 놓여 있었다. 나무침대는 가엾게 버려진 아이를 받아들이는 곳으로, 누구든 키우기를 원하는 사람은 아이를 데려갈 수 있었다. 침대 앞에는 기부금을 받는 구리그릇이 놓여 있었다. 그런데 그날은 침대 주위로 몰려든 여인들의 표정이 심상치 않았다.

"이게 대체 뭔가요?"

"이제 사람들이 어린애를 이 모양으로 만들어낸다면 도대체 어떻게 되는 거야?"

"음… 벌써 많이 자라서 네 살은 되어 보이는군."

"어린애가 아녜요. 원숭이가 되다 만 거예요."

"아, 저 울부짖는 소리에 성가대원들도 귀가 먹어버리겠네."

"이건 죄악의 산물이야. 저 눈 위에 달려 있는 사마귀는 알인데, 그 속에는 저 아이와 똑같이 생긴 악마가 들어 있고, 그 놈이 또 다른 알을 가지고 있고, 그 속에는 더 작은 악마가 들어 있고, 그렇게 계속해서 수많은 악마들이 자라나고 있는 거야."

그때 여인들의 이야기를 멀찍이서 듣고 있던 한 젊은 신부가 침대 곁으로 성큼 다가가 작은 괴물을 찬찬히 살폈다. 그는 넓은 이마와 깊숙한 눈을 가진 사람이었다.

"내가 이 애를 갖다 기르겠소."

신부는 말했다. 그는 아이를 자신의 검은 옷으로 싸더니 수도원의 경내로 사라졌다. 남아 있는 여인들 사이에서 놀라움이 가시자, 한 여인이 속삭였다.

"내가 진작 말하지 않았던가요. 저 젊은 클로드 프롤로 신부는 마법사라구요."

사실 프롤로 신부는 평범한 사람이 아니었다. 어렸을 때부터 그의 부모는 그의 장래를 성직자로 결정해놓고 있었다. 사람들은 그에게 라틴어를 가르쳤고, 눈을 수그리고 낮은 목소리로 말하는 법을 일러주었다. 게다가 그는 침울하고 성실한 성격이어서 주어진 공부에 열심이었다. 그는 모든 것을 배우고 싶어했다. 신학뿐 아니라 의학, 식물학, 외국어에도 실력을 쌓았다. 이 젊은이에게 인생은 단 하나의 목적, 즉 지식밖에는 없는 것 같았다.

1466년 혹서로 인해 무서운 흑사병이 유럽 전체에 창궐했다. 수도원에 있던 이 젊은 신부는 역병의 중심지에 살고 있었던 부모의 집으로 달려갔다. 부모는 이미 죽은 뒤였고, 나이 어린 동생만이 배내옷에 싸인 채 홀로 울고 있었다. 그는 어린애를 품에 안은 채 생각에 잠겼다. 젊은이는 여태까지 학문 속에서밖에 살지 않았는데, 이제 인생 속에서 살게 된 것이었다. 열아홉에 고아가 되고 형이 되고 가장이 된 그는 동생에게 열성을 다했다. 책밖에는 사랑하지 않았던 그에게 인간에 대한 애정이란 참으로 이상하고도 즐거운 것이었다. 그는 동생의 장래를 위해 자신의 모든 것을 다 바치기로 각오

했으며, 애정과 사랑이 없는 인생이 얼마나 메마르고 시끄러운 톱니바퀴에 불과한지를 깨닫게 되었다.

프롤로 신부가 버려진 그 아이를 기르기로 한 것도 어떻게 보면 동생 때문이었다. 그 비통함, 그 기형, 그 버림받음, 자신이 없으면 어린 동생도 그처럼 비참하게 버려질 거라는 생각이 마음을 움직였던 것이다. 그의 동정심은 아이의 추악함으로 말미암아 더욱 커져갔으며, 한편으로는 이 선행이 동생에 대한 신의 가호로 바뀔 거라는 생각도 들었다. 그는 자신의 양자에게 세례를 주고 콰지모도*라고 이름지었다.

16년이 지난 지금, 프롤로 신부는 부주교가 되어 있었다. 그 동안 콰지모도는 장성해서 노트르담의 종지기로 일했다. 어려서부터 성당에서 살았기 때문에, 그곳은 콰지모도에게 태반이자 보금자리였고, 집이었으며, 조국이었고, 세계였다. 게다가 성당 건물과 콰지모도 사이에는 전생부터 이어온 듯한 어떤 조화 같은 것이 존재했다. 어린시절 콰지모도가 그 이상야릇한 모습으로 궁륭들의 어둠속을 거리낌 없이 돌아다닐 때면, 마치 건물에 아로새겨진 조상彫像들 중 하나가 살아나서 그곳을 지켜주는 것 같았다.

성당의 종을 치게 되면서 그에게 또 다른 불구가 찾아왔다. 종소리가 고막을 완전히 찢어놓았던 것이다. 그렇게 바깥세계를 향한 문 하나가 닫혀버렸다. 그 결과 혀까지 어둔해져서 마치 돌쩌귀가 녹슨

---

* 콰지모도Quasimodo는 본래 보통명사로서 두 가지 뜻이 있다. 하나는 부활절 다음의 첫 일요일이라는 뜻이고, 다른 하나는 대충 생기다 만 것이라는 뜻이다.

문 같았다. 귀머거리가 되고부터 남들의 웃음거리가 되는 것이 싫어 말을 하지 않기로 작정한 탓이었다. 그는 점점 더 세상으로부터 멀어져갔고 심술궂어져갔다. 그러니까 그의 심술궂은 성격이 천성은 아니라는 얘기다. 사람들 사이에 첫발을 내디뎠을 때부터 그는 자의식을 느껴야 했고, 사람들은 그를 모욕하고 배척했다. 인간의 말이란 그에게 항상 조롱이거나 저주였다. 그의 괴력 또한 심술궂은 성격의 한 원인이 되었다. 라틴 격언대로 힘이 센 아이는 약한 아이보다 대체로 심술궂은 법이다.

노트르담 성당에는 국왕이나 성인 그리고 주교의 대리석상들이 즐비했는데, 콰지모도는 그 석상들을 좋아했다. 석상들은 적어도 그를 면전에 두고서 깔깔거리며 비웃지는 않기 때문이었다. 그에게 어머니와도 같은 성당 건물 안에서 그가 무엇보다도 사랑해온 것은 자신이 치는 종들이었다. 종을 크게 울리는 날이면 그는 커다란 기쁨에 휩싸이곤 했다. 콰지모도는 종들과 함께 진동하면서 그것들을 사랑하고, 쓰다듬고, 이해했다. 종소리가 그의 온몸을 울리며 파리 시내로 퍼져나갈 때마다, 그는 마치 햇빛 속을 나는 새처럼 마음이 환해지는 것이었다. 종 치기가 끝나면 그는 아주 오랫동안 자신이 친 종들을 어루만져주었다. 그 중에서 가장 큰 종에는 '마리'라는 이름까지 붙여주었다. 그가 '마리'에 올라타 온몸으로 미친 듯이 흔들어댈 때면, 그의 몸짓은 꿈이 되고, 소용돌이가 되고, 마침내 폭풍이 되었다. 그때마다 그는 눈물을 흘릴 수밖에 없었다.

콰지모도의 증오심은 모든 사람들을 향한 것이었지만, 한 사람 예외가 있었다. 바로 그를 길러준 프롤로 신부였다. 콰지모도는 신부를 대성당만큼이나 사랑했다. 귀머거리가 된 후에도 그는 신부와 이야기를 나누었다. 그들에겐 둘만이 이해할 수 있는 신비로운 수화가 있었다. 신부가 손가락으로 신호를 보내기만 하면 성당의 탑 위에서라도 서슴없이 뛰어내릴 정도로, 콰지모도는 신부에게 순종했고 그를 사랑했다.

1482년에 콰지모도는 스무 살 가량이 되었고, 클로드 프롤로는 서른여섯 살 가량이 되었다. 한 사람은 성장하고, 다른 한 사람은 늙은 것이다. 프롤로는 이제 더 이상 젊고 몽상적인 신부가 아니었다. 결국엔 가장 좋은 비곗살도 썩게 마련 아닌가. 머리가 훌렁 벗겨진 그가 위압적이고 음울한 표정으로 성가대석을 천천히 지나갈 때면 어린아이들뿐만 아니라 성직자들까지 벌벌 떨었다. 게다가 그는 성당에서 두 번째 서열인 부주교가 되어 있었다.

하지만 그의 나이 어린 동생인 장 프롤로는 형이 바라던 대로 성장하지 않았다. 형은 동생이 경건하고 온순하며 박식한 학생이 되기를 원했지만, 동생은 그 반대로 나태하고 방탕한 젊은이가 되어 갔다. 형은 사랑하는 동생을 무섭게 꾸짖어보기도 했지만, 늘 그때뿐이었다. 동생은 또다시 반항을 꿈꾸고 엉뚱한 짓을 꾀하는 것이었다. 결국 동생에게 실망한 부주교는 다시금 학문의 품으로 뛰어들었다. 부주교에게 이 학문이라는 친구는, 언제나 돌보는 수고만큼의 대가를 보상해주는 듯이 보였다. 그는 당시 위험한 학문으로 여겨지던 연금술이나 점성학, 그리고 이방의 종교학까지 두루 섭렵했다.

한마디로 그의 지식은 사람들이 이해할 수 없을 정도로 깊고 폭넓었다.

부주교는 그레브 광장을 내려다보고 있는 두 개의 종탑 중 한곳에 밀실을 가지고 있었다. 그 조그만 독방은 주인 외에는 아무도 들어갈 수 없는 곳이었다. 밤에는 독방의 작은 채광창을 통해 붉은 불빛이 간헐적으로 나타났다 사라지곤 했다. 불빛은 풀무의 헐떡이는 숨결에 맞추어 명멸하는 것 같았고, 등불보다도 오히려 무슨 불꽃에서 새어나온 것 같았다. 사람들은 그 불빛을 볼 때마다 이렇게 말하곤 했다.

"저것 봐요. 부주교가 숨을 쉬고 있어요. 지옥의 불빛이 저 위에서 번쩍이고 있다구요."

물론 그것이 곧 마술을 부리고 있다는 확실한 증거가 되는 것은 아니었다. 하지만 사람들은 부주교의 엄격한 신앙생활에도 불구하고 그를 지옥의 현관문을 드나드는 마법사로 생각했다. 그리고 콰지모도는 덩달아 마법사와 내통하는 악마로 불렸다.

나이가 들어감에 따라 부주교는 자기 자신뿐 아니라 타인들에게도 더더욱 엄격해져갔다. 그 엄격함은 이상하게 번쩍이는 그의 눈초리와 더불어 표정 속에 나타났다. 소년성가대원이 성당 안에 홀로 있는 그를 보고서 무서워 달아난 적이 한두 번이 아니었다. 신분상으로나 성격상으로나 그는 여자를 멀리했는데, 이 이야기가 진행되고 있던 시기에는 더욱 극심해졌던 것으로 보인다. 누구나 영광스럽게 생각하는 여왕의 신부관 방문도 끝내 받아들이지 않았으며, 이집트에서 온 집시 여자들에 대한 증오도 심상치 않았다. 그는 성당 앞 광장에서 집시 여자들이 춤추는 것을 금지하는 포고령을 내리도록 주교에게 청원한 상태였다. 이미 짐작한 바와 같이 부주교와 종지기는 대성당 주변의 가난한 사람들뿐 아니라 부자들에게까지도 호감을 얻지 못했다. 그들이 함께 외출할 때면 행인들에게서 악담이나 비꼬는 노랫가락이 숱하게 쏟아져 나왔다.

"흠, 저것 봐라! 하나는 영혼이, 또 하나는 몸뚱이가 잘 생겼네!"

하지만 그 어떤 것도 콰지모도와 부주교의 귀에 제대로 들어오지 않았다. 한 사람은 귀머거리였고, 또 한 사람은 무언가 알 수 없는 깊은 생각에 항시 잠겨 있었기 때문이었다.

9. 귀머거리의 재판

간혹 그가 상황에 맞지 않는 뚱딴지같은 말을 하는 경우도 있었지만, 사람들은 그것을 대충 심오함이거니 여기고서 고개를 끄덕이곤 했다. 그래서 영감 자신도 재판 중에는 자신의 귀에 약간의 장애가 있는 것뿐이라고 착각할 정도였다.

플랑드르 사절단과 콰지모도 덕분에 더욱 유달랐던 파리의 축제가 끝난 그 다음날, 샤틀레*의 배석판사이자 파리 시장의 보좌관인 플로리앙 바르브디엔느는 기분이 그리 좋지 않았다. 축제에서 벌어진 온갖 성가신 사고들에 관한 재판을 열어야 했기 때문이었다. 한떼의 사람들이 갖가지 사건사고의 판결을 무상으로 참관하는 것을 기쁘게 여기면서 아침 8시부터 샤틀레 구역에 있는 법정에 몰려들어와 있었다.

플로리앙 판사는 귀머거리였다. 그럼에도 불구하고 그는 대부분

---

* 파리의 왕립 재판소를 일컫는다.

적절한 판결을 내렸기 때문에, 직업상으로 큰 문제가 되지는 않았다. 확실히 판사란 듣는 시늉만 하고 있으면 충분한 것인데, 그는 한 눈팔지 않고 그 역할을 잘 해내고 있었던 것이다.

몇 가지 잡다한 사건들에 대한 판결이 내려진 후, 야경대원들의 엄중한 감시 하에 누군가가 법정으로 들어오고 있었다. 재판 중에도 맨 앞줄에 앉아 끊임없이 떠들고 시시덕거리던 장 프롤로가 곧장 모두 들으라는 듯이 외쳤다.

"저건 어제의 우리 교황님이 아닌가! 우리의 꼽추, 우리의 애꾸, 저건 콰지모도다!"

분명 그랬다. 플로리앙 영감은 우선 콰지모도에 대한 소송 문서를 주의 깊게 살펴보았다. 이런 신중한 태도 덕택에 그는 피고인의 신분과 범죄를 알게 되고, 또 자신이 던질 질문과 그에 대한 대답을 예상함으로써 자신이 귀머거리임을 들키지 않은 채 판결을 내릴 수 있는 것이었다. 간혹 그가 상황에 맞지 않는 뚱딴지같은 말을 하는 경우도 있었지만, 사람들은 그것을 대충 심오함이거니 여기고서 고개를 끄덕이곤 했다. 그래서 영감 자신도 재판 중에는 자신의 귀에 약간의 장애가 있는 것뿐이라고 착각할 정도였다.

콰지모도의 문제를 심사숙고한 후, 플로리앙 영감은 머리를 뒤로 젖히고서 한층 더 위엄을 갖추기 위해 눈을 반쯤 감았다. 귀머거리인 동시에 장님까지 된 채 그는 법관다운 태도로 심문을 시작했다.

"피고의 성명은?"

그런데 전혀 예상치 못한 일이 일어났다. 귀머거리가 귀머거리를 심문하는 상황이었던 탓이었다. 판사는 피고가 당연히 대답을 한 줄만 알고서 심문을 계속했다.

"좋아. 연령은?"

콰지모도는 이 질문에도 역시 대답하지 않았다.

"좋아. 그럼 직업은?"

여전히 대답이 없었지만 판사는 권위 있게 말했다.

"좋아, 됐어."

방청객들이 서로 수군거리기 시작했지만, 판사와 피고는 아무도 그 수군거림을 듣지 못했다.

"그대는 다음과 같은 죄상으로 당 법정에 기소되었다. 야간 소란과 여자 폭행, 그리고 왕실 근위대에 대한 반항이 그것이다. 이에 대해 할 말이 있으면 지금 하라. 음… 피고가 진술한 것을 서기는 기록했는가?"

판사의 당치않은 질문에 방청석뿐 아니라 서기석에서까지도 '와!' 하고 웃음이 터져 나왔다. 모두들 너무 웃어댄 나머지 귀머거리인 두 사람도 알아챌 수 있을 정도였다. 콰지모도는 곱사등을 으쓱거리면서 무슨 영문이냐는 듯 뒤를 돌아보았다. 플로리앙 판사는 필경 피고가 발칙한 답변을 한 탓이라고 여겼다. 그렇지 않다면 피고가 무엇 때문에 곱사등을 저렇게 으쓱거리고 있겠는가? 그는 분개한 목소리로 소리쳤다.

"무엄한 놈, 네가 지금 한 답변은 교수형을 받아 마땅하다. 감히 재판관을 우롱하다니!"

사람들은 다시 웃기 시작했다 그런데 마침 그때 법정의 문이 열리더니 파리 시장이 들어왔다. 열이 난 플로리앙 판사는 그에게 다짜고짜 하소연했다.

"재판장이신 시장 각하, 여기 있는 피고가 저지른 중대한 법정모독죄에 대해 응분의 벌을 내려주시기 바랍니다."

시장은 콰지모도에게 잘 들으라고 손짓을 하더니 곧 위엄 있는 태도로 질문을 하기 시작했다.

"대관절 너는 무슨 짓을 했기에 이곳에 끌려왔느냐?"

가련한 귀머거리는 시장이 자신의 이름을 물었으려니 생각하고는 꺽꺽거리는 목소리로 대답했다.

"콰지모도."

질문과 대답이 완전히 달랐기 때문에 방청석에서는 또 한바탕 웃음이 터져 나왔다. 시장은 화가 머리끝까지 나서 소리쳤다.

"너는 나마저도 모욕하려는 게냐, 이 흉악한 놈!"

"노트르담의 종지기입니다."

콰지모도는 대답했다. 또다시 얼토당토않은 대답이 나오자 파리 시장은 울화통이 터졌다.

"종지기라고! 그렇다면 파리 시내를 끌고 다니면서 네놈 등짝의 혹을 종처럼 채찍으로 갈겨줄 것이다. 알겠느냐, 이 나쁜놈아!"

"제 나이를 말씀드리면, 곧 스무 살이 됩니다."

이번 대답은 너무 심했다. 시장은 사자처럼 포효했다.

"뭐라고! 이 놈을 그레브 광장의 죄인 공시대로 끌고 가라. 형틀

에 묶어놓고 흠씬 두들겨 패라. 그런 다음 한 시간 동안 그곳에 매
달아놓아라!"

콰지모도는 뭔지 모르겠지만 놀랍다는 표정을 지으며 주위를 두
리번거렸고, 방청석에 앉아 있던 장 프롤로는 옆에 있는 친구에게
이렇게 말했다.

"제기랄! 훌륭한 재판을 받았구나!"

10. 쥐구멍

롤랑은 그 후 죽기까지 20년 동안 아버지의 혼백을 위해 밤낮으로 기도를 드리면서, 행인들이 채광창 가두리에 갖다놓는 빵과 물로만 살았다. 그녀는 죽으면서 커다란 고통이나 고행 속에 산 채로 파묻히고자 하는 여인들에게 그 독방을 영구히 물려주었다.

그레브 광장 서쪽에는 반半고딕식의 롤랑 저택이 있었다. 이 고풍스런 저택의 정면 모서리에는 채색 삽화를 곁들인 기도서가 놓여 있었다. 기도서 위에는 비를 피할 수 있게 조그만 차양이 설치되어 있고 철책까지 붙어 있어서, 읽고 싶은 사람은 그 안으로 손을 넣어 언제든 책장을 넘겨볼 수는 있지만 기도서를 가져갈 수는 없었다. 그 옆에는 쇠막대기가 십자형으로 끼워진 작은 채광창 하나가 광장을 향해 틔어 있었는데, 그것은 저택 맨 아래쪽에 있는 독방의 창문이었다.

그 독방의 기원은 지금으로부터 약 3백 년 전으로 거슬러 올라간다. 저택에 살고 있던 롤랑이라는 아가씨는 아버지가 십자군 전쟁에서 전사하자 저택의 벽 속에 독방을 파게 하여 그 속에 들어박혔다. 문은 벽으로 둘러치고 나머지 저택은 가난한 사람들을 위해 모두 교회에 봉헌했다. 롤랑은 그 후 죽기까지 20년 동안 아버지의 혼백을 위해 밤낮으로 기도를 드리면서, 행인들이 채광창 가두리에 갖다놓는 빵과 물로만 살았다. 그녀는 죽으면서 커다란 고통이나 고행 속에 산 채로 파묻히고자 하는 여인들에게 그 독방을 영구히 물려주었다. 그 뒤로 독방의 채광창 위에는 다음과 같은 글귀가 씌어지게 되었다.

TU, ORA.(그대, 기도하라.)

하지만 세상 사람들은 그 독방에다가 위의 글귀와 발음이 비슷한 'Trou aux rats(쥐구멍)'라는 이름을 붙였다. 이 이름은 독방의 유래보다는 덜 숭고할지 모르겠지만 한결 생생한 표현이라고 할 수 있을 것이다.

이 이야기가 일어나고 있던 때에도 쥐구멍에는 귀뒬이라는 이름의 수녀가 살고 있었다. 이제부터 독자들은 귀뒬 수녀에게 빵을 주러 가는 세 명의 부인들이 하는 이야기에 귀를 기울이면 될 것이다.

"저 다리 끝에서 탬버린 소리가 들리는군요. 마예트, 빨리빨리 가보자구요. 어제는 플랑드르 사람들을 보았으니 오늘은 가는 길에 그 집시 계집을 보면 좋겠네요!"

"집시들은 어린아이를 훔쳐간다지요? 아, 나는 파케트와 같은 불행한 팔자가 되고 싶지는 않아요."

마예트가 자신의 금발머리 아이를 손으로 감싸며 말했다.

"파케트가 누구죠? 무슨 일이 있었던 건가요? 그 얘길 우리에게 들려주지 않겠어요, 마예트?"

다른 아낙네가 묻자 마예트는 이야기를 풀어놓기 시작했다.

"지금으로부터 18년 전에 파케트는 아름다운 처녀였어요. 하지만 왕실의 음유시인이었던 아버지에 이어 어머니마저 병으로 세상을 뜨자 살림이 궁핍해진 나머지 그만 거리의 여자로 타락하고 말았지요. 세월이 흐른 뒤, 그녀는 아비를 알 수 없는 계집애 하나를 낳았어요. 불쌍한 여자! 하지만 그녀는 몹시도 기뻐했지요. 아주 오랜 시간 동안 그녀에겐 사랑할 것이라곤 아무 것도 없었거든요. 그녀는 아이를 위해서라면 무슨 일이든 닥치는 대로 했어요. 그녀가 손수 만든 분홍 가죽신은 공주님도 신어보지 못했을 만큼 예뻤지요."

"그렇군요. 그런데 집시는 어찌됐나요?"

"글쎄 좀 기다려 보시라니까요. 그러던 어느 날 여러 나라를 떠돌던 집시들이 마을에 들어왔어요. 집시 여자들은 파케트의 아이를 보자 너도나도 예쁘다고 야단이었지요. 그리고 이튿날, 엄마가 잠깐 집을 비운 사이에 아이가 없어져버린 거예요. 침대 위에는 분홍 신한 짝만 놓여 있었지요. 그녀는 미친 듯이 아이를 찾아다녔어요. 머리는 산발을 하고서, 마치 새끼 잃은 성난 짐승처럼 무서웠지요. 이집 저집 창문을 기웃거릴 때마다 그녀의 눈에서는 불길이 일어 눈물을 말렸어요. 그러는 동안 두 집시 여자가 파케트의 빈 집으로 꾸러미 하나를 안고 들어갔다가 다시 급하게 달아나는 것을 이웃집 여자가 목격했어요. 아, 끔찍한 일도 다 있지 않겠어요! 하느님의 선물이었던 그 귀여운 딸아이 아녜스가 누워 있던 자리에, 절름발이에 애꾸눈을 한 괴물 같은 어린애가 놓여 있는 거예요. 파케트는 버르적거리며 울고 있는 그 괴물을 본 순간 기절해버렸지요. 들리는 바에 의하면, 그 후 누군가가 그 괴물을 노트르담 대성당의 나무침대에 갖다놓았다고 하더군요. 아무튼 정신을 차린 파케트와 사람들이 집시들을 부리나케 쫓아갔지만, 그들은 이미 떠나버린 뒤였지요. 이튿날 마을에서 20리쯤 떨어진 곳에서 사람들이 화톳불 자국과 파케트의 딸아이가 달고 있던 리본 몇 개, 그리고 염소 똥과 핏방울들을 발견했어요. 그래서 사람들은 마교 집단이 으레 그러하듯이 악마와 함께 어린아이를 잡아먹었을 거라고 믿어 의심치 않았지요. 그 이야기를 들은 파케트는 울지 않았어요. 입술을 조금 움직이기는 했지만 말을 하지 못했어요. 그녀는 남겨진 분홍 신을 부둥켜안은 채 숨도 쉬지 않는 것 같았지요. 하루가 지나고 사람들이 파케트를 다시 보았을 때, 그녀의 머리는 모두 하얗게 세어 있었어요. 그리고 그녀는 어디론가 사라져버렸답니다."

"아, 무시무시한 이야기로군요. 그런데 파케트가 어떻게 되었는지 아무도 모른다는 건가요?"

하지만 마예트는 머나먼 상념에 빠져 있는 듯 말없이 걷고만 있었다. 그러다가 다른 아낙네들이 그녀의 이름을 부르면서 같은 질문을 되풀이하자, 간신히 상념에서 깨어난 듯 다시 말을 잇기 시작했다.

"파케트가 어떻게 되었냐구요? 아, 언젠가 저는 귀멀 수녀와 이야기를 나눈 적이 있어요. 그런 일이 처음이었던지라, 언제나 무슨 거무스름한 삼각형처럼 쥐구멍 구석에 앉아 있는 수녀님에게 다른 먹을 것이라도 드리려고 채광창 안으로 머리를 들이밀었지요. 그때 독방 한 구석에 온갖 금실과 은실로 장식한 분홍 신 한 짝이 마치 성서처럼 모셔져 있는 것을 보았어요. 아기의 분홍 가죽신 한 짝이었어요. 저는 그녀가 분홍 신을 바라볼 때의 눈빛도 보았어요. 그래서 저는… 그 수녀를 파케트라고 부른답니다."

마예트는 걸음을 멈추고서 자신의 아이를 물끄러미 쳐다보았다. 그러고는 귀멀 수녀에게 빵을 주기 위해 다시 걸음을 재촉했다.

11. 한 모금의 물에 대한 눈물

어린아이에 대해서 "이 나이는 무자비하다"라고 말할 수 있듯이, 중세기 민중에 대해서도 그와 똑같은 표현을 쓸 수 있었다.

그레브 광장의 죄인 공시대 주위로 많은 사람들이 모여들었다. 아침 아홉 시부터 공시대의 네 귀퉁이에 서 있는 집행관들의 모습이 무슨 일인가가 그곳에서 곧 시작될 것임을 알려주고 있었다. 죄인 공시대는 높이가 3미터 가량 되는 매우 간단한 네모진 석조물이었다. 옆에는 그 위로 오를 수 있도록 가파른 계단이 놓여 있었다. 집행관은 죄인을 무릎 꿇리고 팔을 등 뒤로 돌려 석조물 위에 마련된 떡갈나무로 만들어진 수레바퀴에 비끄러맨다. 그런 다음 석조물 내부에 감춰져 있는 도르래를 움직여 수레바퀴를 회전시킨다. 수레바퀴가 돌아감에 따라 죄인의 얼굴은 가장 효과적으로 광장의 모든 방향으로 드러나 보이게 된다. 사람들은 이를 '죄수 돌림'이라고 불렀다.

드디어 수형자가 짐수레 끝에 잡아 매인 채 끌려왔다. 수형자의 정체가 콰지모도라는 사실이 알려지자, 환호성과 우레 같은 박수소리가 터져 나왔다. 그가 전날 광대 교황으로서 환대를 받았던 바로 그 광장에서 말이다. 콰지모도에게도 새옹지마라는 표현을 쓸 수 있을까?

콰지모도는 가죽 끈이 살을 파고들어갈 만큼 단단하게 수레바퀴에 묶였다. 그렇게 무릎이 꿇려지고 윗도리가 벗겨진 채 사람들의 비웃음을 샀다. 그는 가만히 몸을 내맡긴 채 다만 천치의 놀라움 같은 것을 드러내 보이며 이따금씩 거칠게 숨을 몰아쉴 뿐이었다. 집행관이 공시대 위로 올라와 검은색 모래시계를 내려놓았다. 오른손에는 마디마다 자잘한 쇠 손톱이 달려 있는 채찍을 들고 있었다. 그가 쿵하고 발을 구르자 마침내 수레바퀴가 돌기 시작했다. 가죽 채찍이 한 무더기의 뱀들처럼 날카로운 소리를 내면서 꼽추의 비트적거리는 어깨 위로 세차게 떨어졌다. 콰지모도는 마치 잠을 깨어 벌떡 일어나듯이 펄쩍 뛰어올랐다. 그제야 자신이 어떤 상황에 처해 있는지 알아차린 듯 얼굴이 심하게 일그러졌다. 두 번째 채찍질이 이어졌고, 이어서 세 번째 채찍질, 그런 다음 또 계속해서 채찍질이 이어졌다. 꼽추의 검은 어깨 위로 피가 솟아 줄줄이 흘러내리는 모습이 보였다. 채찍에 묻은 핏방울은 군중의 얼굴 위로도 방울방울 흩뿌려졌다. 콰지모도는 검에 옆구리가 찔린 황소처럼 좌우로 머리를 흔들어대다가 결국 쓰러졌다. 죽은 사람같이 꼼짝을 하지 않는 그의 등에 다시 채찍이 내리꽂혔다.

검은 옷을 입고 있는 관원이 모래시계를 들어올리자 집행관의 채찍질이 마침내 멈춰졌다. 태형이 끝난 것이었다. 두 명의 관원이 나타나 꼽추의 등에서 피를 닦아내고는 일종의 고약 같은 것을 발라주었다. 겨우 눈을 뜬 콰지모도에게 그들은 노란색 장옷을 입혔다. 그에게 또 다른 형벌이 남아 있었던 것이다.

집행관이 모래시계를 다시 뒤집어놓더니 콰지모도를 세워서 죄인 공시대에 더욱 단단히 비끄러맸다. 어린아이에 대해서 "이 나이는 무자비하다"*라고 말할 수 있듯이, 중세기 민중에 대해서도 그와 똑같은 표현을 쓸 수 있었다. 콰지모도가 받은 끔찍한 형벌은 사람들에게 측은지심을 불러일으키기는커녕 증오심에다가 즐거움까지 배가시켰다. 여자들은 그의 심술궂음과 추악함을 저주하면서 소리를 질렀다.

"저런 악마가 노트르담의 종을 치다니! 저 낯짝 좀 봐라!"

"꼴좋다! 오늘이 어제였더라면 누가 너를 광대 교황으로 삼았겠느냐?"

이 밖에도 셀 수 없이 많은 매도의 함성이 쏟아져 나왔고, 심지어 그의 머리를 향해 돌까지 날아들었다. 처음에는 군중의 핍박을 잘 견뎌내던 콰지모도의 얼굴에 증오와 절망의 어두운 구름이 깔리기 시작했다. 그는 수레바퀴가 삐걱거릴 정도로 몸부림쳤지만 아무 소용이 없었다. 하지만 나귀를 타고 군중 사이를 헤치며 나타난 부주

---

* 프랑스 작가 라 퐁텐느의 우화집에 나오는 구절.

교로 인해 고통은 잠시 멈춰졌다. 콰지모도의 일그러진 얼굴에 부드러운 미소가 야릇하게 떠올랐다. 그것은 구원자에게 환한 표정으로 인사를 건네는 것과 같았다. 하지만 죄인의 얼굴을 알아본 신부는 갑자기 나귀를 되돌려 황급히 사라져버렸다. 그가 되돌아가고 난 후에도 콰지모도의 얼굴에는 여전히 미소가 남아 있었지만, 그것은 너무나도 고통스럽고 서글픈 미소였다. 시간은 계속해서 흘러갔다. 콰지모도는 쉴 새 없는 욕설과 조롱에 시달렸고, 돌을 얻어맞았으며, 그러면서 거의 죽을 지경이 되어갔다. 그러다가 갑자기 지금까지 완고하게 지키고 있던 침묵을 깨뜨리고 고함을 질렀다.

"물을 줘!"

이 비명은 도리어 군중들의 흥을 북돋았다. 수형자에게 되돌아온 것은 그의 갈증을 비웃는 목소리들뿐이었다. 콰지모도는 벌겋게 핏발이 선 애꾸눈으로 군중을 둘러보면서 더욱 비통한 목소리로 외쳤다.

"물 좀 줘!"

"어이, 이거나 먹지!"

누군가가 시궁창에 떨어져 있던 걸레 하나를 던지며 말하자 모두들 웃었다.

"물 좀 줘!"

콰지모도가 헐떡이면서 세 번째로 외쳤을 때, 군중이 양 옆으로 갈라지면서 염소 한 마리를 거느린 한 처녀가 걸어 나왔다. 콰지모도의 눈이 번뜩였다. 그녀는 어젯밤 자신이 납치하려 했던 처녀였고, 이제 그녀가 직접 형벌을 내리기 위해 다가온다고 생각했기 때문이었다.

처녀는 날쌔게 계단을 타고 올라왔다. 콰지모도는 그녀의 해코지를 피하고자 몸부림쳤다. 그녀는 그런 수형자에게 다가가 한 마디 말도 없이 허리띠에서 물통을 풀어 바짝 마른 그의 입술에 갖다댔다. 그러자 핏발 선 애꾸눈에서 커다란 눈물방울 하나가 빙그르르 돌더니 오랜 절망으로 일그러진 흉측한 얼굴을 따라 천천히 흘러내렸다. 마치 그의 일생 최초의 눈물 같았다. 그는 물을 마시는 것조차 잊고 있었다. 잠시 처녀가 안타까운 듯 입을 삐죽거리며 물통의 주둥이를 콰지모도의 입에 밀어 넣자, 그제야 그는 꿀꺽꿀꺽 물을 들이켰다.

목을 축인 콰지모도는 그녀의 손에 입 맞추기 위해 검은 입술을 쑥 내밀었다. 하지만 그녀는 지난밤의 일이 생각난 듯, 혹은 짐승에 물릴까 봐 두려워하는 어린아이처럼 얼른 손을 감추었다. 콰지모도는 말할 수 없는 슬픔과 원망이 가득한 눈길로 그녀를 지그시 바라보았다. 아무리 무자비한 군중이더라도 이 광경에는 그만 감동하여 함께 외치기 시작했다.

"에스메랄다! 에스메랄다!"

12. 염소가 보여준 비밀

그녀는 가쁜 숨을 몰아쉬며 방바닥만 내려다보았다. 그녀의 출현은 지체 높은 아가씨들 사이에 야릇한 효과를 빚어냈다. 그녀가 너무나 아름다웠기 때문이었다. 어둠침침한 거실로 들어오니 더욱 아름다워 보였는데, 그녀는 마치 밝은 햇빛 아래 놓여 있다가 어둠속으로 옮겨진 횃불 같았다. 여자들은 서로 한 마디 말도 주고받지 않았지만, 자신들보다 아름다운 그녀에 맞서 단번에 전선을 구축했다.

콰지모도가 형벌을 받은 지 몇 주일이 지났다. 3월 초순이었고 태양은 즐겁고 찬란하게 빛났다. 파리 시민들은 광장이나 산책로를 거닐면서 봄날을 즐겼다. 이렇게 맑은 날에는 노트르담 성당의 정면을 더욱 아름답게 만드는 특별한 시간이 있다. 태양이 서쪽으로 기울면서 정문의 원화창을 수평으로 비출 때이다. 그 커다란 원화창은 대장간 화덕의 불을 응시하고 있는 외눈 거인의 눈처럼 타오르고, 원화창 주위의 숱한 조각들은 마치 살아 솟아나오려는 듯하다.

그런 시간이었다.

석양으로 붉게 빛나는 노트르담 성당의 맞은편에 위치한 석조 저택에는 몇 명의 아름다운 아가씨들이 발코니로 나와 우아하게 담소를 나누고 있었다. 당시 유행에 따라 가슴을 드러낸 화사한 드레스와 한가로움과 게으름을 나타내는 희고 부드러운 손은 그녀들이 지체 높은 집안의 아가씨들이라는 것을 말해주고 있었다.

사실 이들은 이 저택의 외동딸인 플뢰르 드 리스 양과 그녀의 친구들이었다. 응접실 안쪽에는 가문家紋과 문장紋章으로 장식된 벽난로 옆 안락의자에 이 집의 주인이자 옛 왕실 경비대장의 미망인인 공들로리에 부인이 앉아 있었다. 그리고 부인 곁에는, 약간의 허영과 허세를 부리고는 있지만 여자라면 모두 마음이 흔들릴 만한 용모를 지닌 한 청년이 서 있었다. 그는 왕실 근위대장의 세련되고 근엄한 제복을 입고 있었는데, 노부인이 이따금씩 말을 걸면 일종의 예의를 갖추어 간단히 대답하곤 했다. 아가씨들은 모임 속에 젊은 남자가 끼여 있을 때면 으레 그러하듯이, 웃음소리를 죽여가면서 자기들끼리 소곤거리고 있었다.

공들로리에 부인이 청년에게 다정다감하게 말을 건네는 동시에 자신의 딸을 향해 눈을 끔벅거리는 것으로 보아, 이미 두 사람이 약혼한 사이라는 것을 쉽사리 짐작할 수 있었다. 부인의 화제 또한 결혼날짜인 것 같았다. 하지만 청년의 표정에는 무관심과 권태의 빛이 역력했다. 사실 근위대장은 자신을 마냥 따르고 있는 약혼녀에게 싫증이 나 있었다.

그때 발코니에 있던 한 꼬마 소녀가 소리쳤다.

"어머나, 저것 봐요, 플뢰르 드 리스 대모代母님! 광장에서 젊은 여자가 탬버린을 흔들면서 춤을 추고 있어요!"

발랄한 아가씨들은 발코니 가장자리로 앞 다투어 다가갔다. 리스 양이 뒤를 돌아보며 근위대장에게 말했다.

"두 달 전에 야간 순찰을 돌다가 열댓 명의 강도들로부터 집시 처녀를 구해냈다는 이야기를 하셨지요?"

"그런 일이 있었던 것 같습니다."

싫증도 잘 내지만 허풍도 대단한 근위대장이 대답했다.

"이리 와보세요. 저기 춤추는 여자가 바로 그 여자 아닐까요?"

근위대장은 공들로리에 부인과의 거북살스런 대화를 그만둘 수 있다는 생각에 발코니로 다가갔다. 페뷔스 근위대장은 광장을 내려다보며 말했다.

"그렇군요. 저 염소를 보니 그 여자라는 것을 알 수 있겠습니다."

"정말 귀여운 염소예요!"

아가씨들 가운데 누군가가 말했다. 그때 집시 처녀를 처음 발견했던 꼬마 소녀가 노트르담 성당의 탑 꼭대기를 가리키면서 다시 외쳤다.

"대모님, 저 위에 있는 새카만 사람은 누구예요?"

모두들 그쪽을 쳐다보았다. 정말 한 남자가 광장 쪽을 향해 있는 탑의 난간에 팔꿈치를 짚고 있었다. 신부였다. 그의 복장과 두 손으로 받치고 있는 그의 얼굴이 똑똑하게 보였다. 그는 하나의 조각상처럼 미동도 않고 광장을 응시하고 있었다.

"프롤로 부주교님이시구나."

플뢰르 드 리스 양이 말했다. 그녀의 친구가 한마디 거들었다.

"신부님이 저 집시 처녀를 골똘하게 바라보는 것이 이상하군요."

"페뷔스 오라버니, 집시 처녀를 아신다니 이곳으로 올라오게 해보세요. 재미있을 거예요."

플뢰르 드 리스의 갑작스런 제안에 아가씨들이 일제히 손뼉을 치면서 맞장구쳤다. 페뷔스가 주저하면서 말했다.

"저 처녀는 날 잊어버렸을지도 몰라요. 저도 이름조차 모르고… 하지만 모두들 원한다면, 한번 해보지요. 이봐요, 아가씨!"

때마침 춤을 쉬고 있던 집시 처녀가 소리 나는 쪽을 향해 고개를 돌리다가 페뷔스와 눈이 마주쳤다.

"아가씨!" 하고 다시 소리치며 페뷔스는 손짓으로 오라는 신호를 보냈다. 그녀의 두 볼은 마치 불꽃이 솟아오르기라도 한 것처럼 빨갛게 달아올랐다. 그녀는 어리둥절해 있는 군중을 헤치면서 뱀에게 홀린 한 마리 새처럼 쭈뼛 쭈뼛 저택으로 다가갔다.

잠시 후, 응접실 문이 열리고 에스메랄다가 염소 잘리와 함께 나타났다. 그녀는 가쁜 숨을 몰아쉬며 방바닥만 내려다보았다. 그녀의 출현은 지체 높은 아가씨들 사이에 야릇한 효과를 빚어냈다. 그녀가 너무나 아름다웠기 때문이었다. 어둠침침한 거실로 들어오니 더욱 아름다워 보였는데, 그녀는 마치 밝은 햇빛 아래 놓여 있다가 어둠속으로 옮겨진 횃불 같았다. 여자들은 서로 한 마디 말도 주고받지 않았지만, 자신들보다 아름다운 그녀에 맞서 단번에 전선戰線을 구축했다.

"가까이 와요, 아가씨." 하고 근위대장이 말했을 때, 여자들은 에스메랄다에게 아주 쌀쌀해지면서 적의를 품었다.

"밉진 않군요."

"우스울 만큼 치마가 짧아요."

여자들은 에스메랄다를 위아래로 훑어보며 비웃었지만, 페뷔스는 그녀 쪽으로 다가가며 다시 말을 이었다.

"가까이 와요, 아가씨! 나를 알아본다면 영광이겠는데……."

"아, 그럼요!"

그녀는 단번에 대답했다.

"그날 너무 재빨리 도망을 가더군요. 내가 당신을 무섭게 했나요?"

"아, 아니에요!"

플뢰르 드 리스 양은 감탄사가 이어지는 에스메랄다의 어조에 자신의 기분이 점점 더 상해가고 있음을 느낄 수 있었다. 그래서 한마디 했다.

"집시 여인은 기억력이 꽤나 좋은가 봐요."

다른 여자들도 가세하면서 비아냥거림과 비웃음이 비처럼 쏟아졌다. 여자들은 그녀의 면전에 대고 마치 무슨 불결하고 매우 천박한 어떤 아리따운 것에 대해 이야기하듯 지껄였다. 페뷔스 역시 웃고 있었다. 하지만 그는 교만과 동정심이 뒤섞인 태도로 집시 처녀의 편을 들고 있었다.

"저 분들이 멋대로 웃고 지껄이게 내버려둡시다, 아가씨! 아무튼 당신을 겁탈하려고 했던 놈들은 죽어도 싸다고 할 수 있소. 그 놈들이 대관절 당신을 왜 납치하려 했는지 그 이유를 아나요?"

"아, 몰라요!"

그 동안 꼬마 소녀는 거실 한쪽에서 염소 잘리와 친구가 되어 있었다. 잘리의 목에는 주머니가 매달려 있었는데, 호기심 많은 소녀는 그 속에 있는 것들을 양탄자 위에 쏟았다. 그것들은 하나하나 알파벳들이 새겨진 나뭇조각들이었다. 기적이었을까? 나뭇조각들이 펼쳐지자마자, 염소 잘리는 자신의 황금색 발로 그것들을 살살 밀어 낱말 하나를 만들어냈다. 염소는 아주 오래전부터 훈련을 받은 듯이 그 낱말을 만들어내는 데 아무런 망설임이 없었다. 꼬마 소녀는 깜짝 놀라 고함쳤다.

"대모님, 방금 염소가 해놓은 것 좀 보세요!"

플뢰르 드 리스는 염소가 만들어낸 낱말을 보고서 몸을 떨었다. 양탄자 위에는 다음과 같은 낱말이 나타나 있었다.

PHOEBUS(페뷔스)

"정말 염소가 이걸 썼니?"

"예, 대모님."

그러는 동안 꼬마 소녀의 고함소리에 아가씨들과 집시 처녀, 그리고 페뷔스와 노부인까지 달려와 있었다. 아가씨들은 어리둥절해하며 소곤거렸다.

"이건 근위대장님의 이름이잖아!"

에스메랄다의 얼굴은 새파랗게 질렸고, 페뷔스는 싱글싱글 웃고 있었다. 플뢰르 드 리스는, "기억력이 정말 좋구나. 이건 마녀야!" 하고 더듬거리며 말하더니 옆으로 쓰러졌다.

"내 딸아! 내 딸아!"

노부인은 다급해져서 딸을 감싸 안았다. 그러고는 에스메랄다를 향해 벽력같이 소리쳤다.

"꺼져라, 지옥의 집시 계집애야!"

에스메랄다가 얼른 그 글자들을 주어서 잘리와 함께 한쪽 문으로 나가는 사이, 사람들은 플뢰르 드 리스를 부축해서 다른 쪽 문으로 나갔다. 페뷔스는 잠시 망설이는가 싶더니 집시 처녀를 따라갔다.

13. 순정

"자네 어머니의 배를 걸고 맹세할 수 있는가?"
"맹세합니다."

페뷔스는 아름다운 집시 처녀를 뒤따라 나갔지만, 자신의 이런 행동을 사람들이 조금이라도 눈치 채게 하고 싶지는 않았다. 왕실 근위대장이 거리의 부랑자들과 어울리고, 마녀라는 의심까지 받는 이집트 처녀에게 치근거린다는 것은 영 체면을 구기는 일이었기 때문이었다. 용감한 근위대장은 자신의 평판을 조율할 줄도 아는 인물이었다.

그는 에스메랄다의 옆을 지나치면서 거의 입술조차 움직이지 않는 나지막한 목소리로 저녁의 밀애를 약속했다. 장소는 플뢰르 드 리스와 같은 귀족 계층들은 꿈도 꾸지 못할 변두리 지역의 부랑자 거리로 잡았다. 순정한 에스메랄다는 그 약속이 자신의 삶에서 가장 무서운 덫이 될 수도 있다는 것을 모르고 있었다. 그녀는 다만 기독교인이 천국을 소망하듯 페뷔스가 속해 있는 세계와 그의 속삼임을 미지의 꿈처럼 느꼈다. 흉측한 콰지모도로부터 자신을 구해준 페뷔스의 가슴속에 어떤 흑심이 숨겨져 있으리라고는 조금도 의심하지 못했다. 아니, 그 순간부터 그녀의 마음을 온통 사로잡은 기사를 의심한다는 것은 우선 그녀 자신이 허락할 수 없는 일이었다.

한편, 집시 처녀가 춤추는 것을 노트르담의 난간에 기대어 바라보고 있던 부주교가 플뢰르 드 리스의 발코니로부터 목격되었던 것을 독자는 기억할 것이다. 사실 신부의 시선은 많은 구경꾼들에게 둘러싸인 채 경쾌하고 민첩하게 탬버린을 흔들며 춤추고 있는 에스메랄다에게 못 박혀 있었다. 그 시선이 어떤 성질의 것이며 그 시선에서 솟아나오는 불꽃이 어디에서 유래하는 것인지는 말하기 어렵다. 다만 그것은 고정된 시선, 혼란과 동요로 가득 찬 시선이었다.

에스메랄다 옆에는 붉은색과 노란색이 섞인 외투를 입은 한 사내가 구경꾼들을 정리하거나 염소를 돌보고 있었다. 에스메랄다와 동행인 것 같았지만 멀리 있는 신부는 그가 누구인지 똑똑히 알아볼 수가 없었다. 신부가 이 낯선 사내를 발견하고 나서부터는 그의 시선이 집시 처녀와 그 사내 사이를 번갈아 오갔다. 그러면서 신부의 얼굴은 유난히 어두워져갔다.

"저 사내는 누구인가? 처녀는 늘 혼자였는데……"

그는 그렇게 혼자 중얼거리더니 광장으로 내려가는 꼬불꼬불한 나선계단을 황급히 내려갔다. 하지만 방긋이 열려 있는 종탑의 문 앞을 지나칠 때 그는 멈칫하지 않을 수 없었다. 콰지모도가 차양의 틈새기에 몸을 기울인 채 자신의 양아버지가 지나가는 것도 모를 정도로 정신없이 광장을 쳐다보고 있었기 때문이었다. 그의 짐승 같은 눈은 이상한 빛을 띠고 있었다. 그것은 매혹된 순정한 눈빛이 었다.

"그것 참 희한한 일이군." 하고 중얼거리며 신부는 다시 계단을 내려가 광장으로 나왔다. 그런데 조금 전까지도 춤을 추고 있던 집시 처녀가 보이지 않았다. 그는 구경꾼들의 무리 속으로 섞여들면서 옆에 있는 사람에게 물어보았다.

"그 집시는 대관절 어디로 간 거요?"

"모르겠습니다. 저 맞은편 집으로 춤을 보여주러 간 것 같기는 한데……."

신부는 그곳에서 누렇고 붉은 외투를 걸친 사내를 마침내 알아보았다.

"저런, 그랭그와르가 아닌가?"

그는 주인공이 빠진 무대에서 어설프게 서 있는 그랭그와르를 불러 성당 안으로 데리고 들어갔다. 캄캄한 대성당 안에는 아무도 없었다. 신부는 먼저 예리한 눈빛으로 그랭그와르를 잠시 동안 훑어보았다. 시인을 비웃으려는 것은 아니었다. 신부의 표정은 매우 진지했다.

"이보게 그랭그와르 군. 자네는 나에게 몇 가지 설명을 해주어야겠네. 우선 두어 달 동안 통 보이지 않았는데, 어디에 있었던 것인가? 그리고 길거리에서 무슨 짓을 하고 있는 것인가?"

"아, 존경하는 부주교님, 이상야릇한 복장을 하고 거리에서 어릿 광대짓을 하는 것보다는 철학을 하고 시를 짓는 것이 더 낫다는 것을 저도 잘 알고 있습지요. 하지만 어떡합니까? 아름답고 부드러운 시 구절이 제게 치즈 한 조각조차 가져다주지 못하는걸요. 존경하는 부주교님, 세상에 태어났다면 벌어먹고 살아야만 하지 않겠습니까?"

신부는 잠자코 듣고 있었다. 그러다가 갑자기 그의 움푹 들어간 눈이 비수 같은 빛을 발했다. 그랭그와르는 그 시선이 자신의 뼛속까지 뻗쳐들어오는 느낌이 들었다. 그의 등에서 돌연 식은땀이 흘렀다.

"퍽 좋은 일이야, 그랭그와르군. 하지만 자네가 이집트 무희와 같이 다니는 것은 어찌된 일인가?"

그랭그와르는 지금까지 있었던 일과 희한한 결혼에 대한 자초지종을 이야기했다. 그러고는 끝으로 이렇게 덧붙였다.

"그러니까 그 여자는 제 아내이고 저는 그 여자의 남편이 되는 것입지요."

신부의 눈에서 일순 불길이 타올랐다.

"이 타락한 놈, 네가 그 이집트 무희와 잠자리를 같이 하다니, 그렇게도 신의 버림을 받았단 말이냐?"

신부는 격분하여 소리치면서 그의 팔을 꽉 움켜잡았다.

"아, 아닙니다. 천국을 걸고 맹세합니다. 저는 결코 단 한 번도 그녀와 잠자리를 하지 않았습니다. 남자가 다가오면 그녀는 품속에 지닌 비수를 뽑아듭니다. 그리고 기적궁에서 우리를 남편과 아내로 정해준 것일 뿐, 우리는 남매처럼 지내고 있습니다."

그랭그와르는 온몸을 떨면서 대답했다.

"자네 어머니의 배를 걸고 맹세할 수 있는가?"

"맹세합니다."

신부는 그의 맹세에 노여움을 푸는 기색이었다. 그러더니 에스메랄다에 대해 이것저것 물어보기 시작했다. 그랭그와르는 그녀가 아주 어렸을 때 헝가리를 거쳐 프랑스에 왔다는 것, 그리고 거리의 모든 사람들이 그녀의 춤뿐만 아니라 상냥함과 활발함까지 사랑하고 있다는 것, 하지만 그녀를 저주하는 두 사람이 있다는 것을 대충 이야기했다.

"그 둘이 누구인가?"

"에스메랄다가 말한 바에 따르면, 하나는 롤랑 저택의 지하에서 자루를 입고 지내는 수녀인데, 그 수녀는 무슨 이유에서인지 집시들에게 굉장한 원한을 품고 있는 것 같습니다. 에스메랄다가 그곳의 채광창을 지날 때마다 저주를 퍼붓는다고 합니다. 그리고 다른 하나는 어떤 신부라고 하는데, 그녀를 볼 때마다 너무나도 무서운 눈초리로 불길한 말들을 던지곤 한다는군요. 그런데 신부님, 이런 것들이 신부님께 무슨 상관이 있는 것인가요?"

신부는 갑자기 눈에 띄게 당황하면서 대답했다.

"내 말을 듣게, 그랭그와르 군. 자네는 아직 천벌을 받지는 않았네. 하지만 자네가 그 마귀 같은 집시 처녀에게 조금이라도 손을 댔

다가는 곧바로 그 처녀의 노예가 될 것일세. 자네도 알다시피 영혼을 타락하게 하는 것은 육체인 것이야. 내가 학문을 가르쳤던 자네가 잘 되길 바라는 것이 나의 마음이네. 그뿐일세."

　신부는 멍하니 서 있는 그랭그와르를 떼밀더니 성당의 캄캄한 어둠속으로 성큼성큼 걸어 들어갔다.

14. 종소리

그는 그곳에서 저 멀리 지나가는 그녀의 모습을 보곤 했다. 그럴 때면 그는 자신의 정열이기도 했던 종들에게마저 등을 돌린 채 그녀를 꿈꾸듯이 바라보았다.

순수한 사랑에 눈뜬 가련한 에스메랄다는 가슴을 뒤흔드는 환희를 느꼈지만, 그 기쁨은 그녀의 바람에도 불구하고 무심한 페뷔스가 아니라 노트르담 성당의 비천한 종지기의 가슴속에서 싹텄다. 콰지모도는 애꾸눈에 귀머거리였고 안짱다리의 절름발이로 인간의 본래 모습과는 거리가 멀었다. 그런 그가 에스메랄다를 사랑했다. 그녀가 페뷔스를 사랑하게 되었듯이 말이다. 그 누구도 생각해보지 못한 그러한 사랑의 비밀은 노트르담 성당의 종소리를 바꾸어놓았다.

예전에는 신을 경배하기 위해 오래도록 울리는 새벽종부터 시작해서 무슨 일에나 울려 퍼지던 종소리였으며, 그 소리는 미사가 시작해서 끝날 때까지 성당의 종각 위에서 시끄럽도록 쉬지 않고 들려왔다. 이 오래된 성당은 종소리가 들려오는 가운데 영원한 기쁨

속에 그렇게 서 있었다. 사람들은 종소리에서 활기차고 떠들썩한 기운을 느꼈으며, 구리로 만들어진 종들은 입을 열어 사방으로 그 기운을 퍼트렸다. 이제 그 느낌은 사라진 듯싶었다. 성당은 침울한 듯 보였고 기꺼이 침묵을 감내했다. 축제가 열리거나 장례식이 있을 때의 종소리도 단조롭고 무기력하게만 들렸다. 그것은 그저 관례에 따라 울리는 종소리 그 이상도 그 이하도 아니었다.

만일 콰지모도가 아닌 다른 사람의 경우였다면, 죄인 공시대에서의 수치스러웠던 고통이 그를 소진시켰으며 형리의 채찍질이 열성적이던 종지기를 죽음의 상태로 몰아넣은 것이라고 생각할 수 있었을 것이다. 하지만 그런 것은 아니었다. 콰지모도의 투박한 마음과 거친 영혼은 여느 사람이라면 느꼈을 그런 종류의 수치심을 알지 못했다.

그는 수치스러운 형벌을 받으면서도 마치 수원지에서 막 흘러내린 물처럼 새롭고 순수하며 맑으면서도 생생한 기억을 간직할 수 있었다. 도움을 기다리던 그에게 에스메랄다가 구원의 손길을 내밀었고, 그로써 새로운 세상이 활짝 열렸다. 그 순간부터 에스메랄다는 그의 생각과 가슴속에 자리 잡았다. 그녀의 우아한 몸짓 하나하나는 그가 성당 이곳저곳을 돌아다닐 때에도 항상 그의 머릿속을 떠나지 않았다. 돌들이 빽빽하게 늘어선 종탑 가장 높은 곳에 서 있을 때에도 마찬가지였다.

성당 외벽에는 흉측한 장식물들이 돌출되어 있었고 그 사이사이에는 구부러진 뿔이 달린 괴수들과 이무기들이 커다란 눈으로 아래를 내려다보고 있었다. 이따금 콰지모도는 이 고딕 건물 가장 높은 곳의 난간에 서 있었는데, 누군가 멀리서 등뼈가 도드라지고 허리가 휘어진 괴수들 사이에 우두커니 서 있는 그를 무심코 보았다면 석상들과 그를 구분하기 힘들었을 것이다. 그는 그곳에서 저 멀리 지나가는 그녀의 모습을 보곤 했다. 그럴 때면 그는 자신의 정열이기도 했던 종들에게마저 등을 돌린 채 그녀를 꿈꾸듯이 바라보았다.

15. 페뷔스

근위대장은 자신의 신분이 노출되는 일 따위는 신경 쓰지 않은 채 욕설을 퍼부어댔고, 그것은 일종의 암호처럼 문을 여는 데 효과가 있었다. 곧장 문이 열렸고 입술이 잇몸 아래로 옴쏙 들어간 노파가 나타났다.

 흉측한 콰지모도의 가슴속에 완전하면서도 조심스러운 숭배의 마음이 피어오르는 동안, 에스메랄다의 사랑을 받는 멋쟁이 사나이는 무슨 생각을 하고 있었던 것일까?

 페뷔스는 보헤미아 여자와의 약속을 앞두고 있었지만, 거리에서 우연히 장 프롤로를 만나 그와 함께 〈이브의 사과〉라는 유명한 선술집으로 들어갔다. 장 프롤로는 조금 전에 자기 형인 부주교로부터 용돈을 거의 훔치다시피 가져온 터였다. 페뷔스는 대학생인 장과 탁자를 하나 차지하고 앉아 농담을 건네며 왁자지껄하게 웃고 떠들어댔다. 그 시간 에스메랄다는 두근거리는 마음을 진정시키며 이미 어두워진 거리를 가로질러 약속장소로 향했다. 그 동안 페뷔스는 실

컷 먹고 마시는 가운데 불경한 말을 늘어놓으며 술잔을 연신 부딪
쳤다. 그는 자신이 얻은 행운을 조롱했으며 마침내 혀가 돌아갔고
눈은 흐릿해졌다. 그렇지만 약속한 일곱 시가 다가오자 그는 술친구
를 밀어내고 자리에서 일어났다.

"난 이만 가봐야겠네. 벌써 일곱 시야. 아가씨와 약속을 했거든."

그는 생 앙드레 데자르 거리로 접어들면서 뒤따라오는 그림자가
있음을 알아챘다. 그는 그들이 누구이든 별로 걱정하지 않았다. 그
는 용감했으므로 칼을 휘두르는 도둑에 대해서도 별반 두려움을
느끼지 않았다. 그런 뜻하지 않은 만남은 그 당시에는 흔한 일이었
는데, 시민들은 해가 지고 나면 감히 집 밖에 나갈 생각을 하지 못
했다.

마침내 페뷔스는 높이가 낮은 문 앞에 멈춰 서서 거칠게 문을 두
드렸다. 열린 문틈 사이로 불빛이 새어나왔다.

"거기 누구요?"

노인인 듯한 사람의 목소리가 물었다.

근위대장은 자신의 신분이 노출되는 일 따위는 신경 쓰지 않은
채 욕설을 퍼부어댔고, 그것은 일종의 암호처럼 문을 여는 데 효과
가 있었다. 곧장 문이 열렸고 입술이 잇몸 아래로 옴쏙 들어간 노파
가 나타났다.

"방으로 안내해!"

그는 어두운 소굴로 들어가면서 단골손님다운 어조로 말했다.

"여부가 있겠습니까, 나리."

노파는 머리를 조아리며 그가 좁은 복도를 지나면서 건네준 금화 에퀴를 받아들었다. 그녀가 금화를 책상서랍에 넣고 돌아서는 사이, 재를 뒤집어쓰고 놀던 터부룩한 머리에 누더기 옷을 입은 꼬마 아이 하나가 복도에서 잽싸게 다가와 금화를 훔쳐내고는, 그 자리에 마른 나뭇잎 하나를 넣어두었다.

페뷔스는 조바심을 달래기 위해 방을 서성거리기 시작했다. 벌레 먹은 마룻바닥은 이곳저곳 대충 수리한 듯 울퉁불퉁했고 이따금 삐걱거리는 소리를 냈는데, 때로는 발이 빠져 힘없이 부서져 내릴 듯했다.

16. 에스메랄다의 사랑

"오! 저 같은 여자에게 필요한 건 오직 그것뿐이에요. 공기와 사랑뿐이에요."

갑자기 나무계단이 삐걱거리는 소리가 들렸다. 누군가 올라오고 있었다. 천장으로 난 문이 열리더니 불빛이 나타났다. 입 둘레에 온통 솔처럼 흰 털이 난 고양이 같은 얼굴의 노파가 먼저 들어왔는데, 손에는 등불이 들려 있었다. 페뷔스는 콧수염을 쓸어 올렸다. 흉한 모습의 노파 뒤로 아름답고 우아한 에스메랄다가 따라 들어왔다. 이 순진한 처녀는 이런 누추하고 흉측한 소굴로 페뷔스를 다시 만나러 온 일에 대해 경계하지 않았다. 하지만 근위대장과 단둘이 남게 되자 그녀의 마음속에 알 수 없는 설렘이 일었고, 야릇한 기분은 쑥스러운 몸짓으로 나타났다. 그녀는 얼굴이 붉어졌고 당황한 듯했으며 두근거리는 가슴을 억제하기가 힘들었다. 그녀의 긴 속눈썹은 붉게 달아오른 뺨에 그림자를 드리웠다. 그녀는 감히 고개를 들어 근위대장을 바라볼 수는 없었지만 두 눈은 기쁨으로 빛나고 있었다. 그녀는 어색한 자세로 자리를 찾아 앉고는, 서투르지만 매력적인 몸짓을 지으면서 손가락 끝으로 의자 위에 알 수 없는 선들을 그어댔다. 그렇게 언제까지나 자신의 손끝만을 바라보고 있을 뿐이었다. 그녀 곁에는 작은 암염소가 웅크리고 있어서 그녀의 발을 볼 수는 없었다. 그녀는 변명을 하려고 애썼다.

"오! 페뷔스 님, 저를 경멸하지 마세요. 저도 제가 한 짓이 잘못이라고 생각해요."

그녀는 고개를 들지도 못하고 기어 나오는 목소리로 겨우 말했다.

"어여쁜 아가씨를 경멸한다는 말입니까! 당신을 경멸하다니, 그럴 리가 있겠습니까?"

근위대장은 기품 있고 대단히 정중한 태도로 대답했다.

"당신을 귀찮게 했으니까요."

"아가씨, 그 이야기라면 우리가 서로 오해하고 있는 거예요. 나는 당신을 경멸해야 하는 것이 아니라 증오해야 합니다."

아가씨는 두려움에 사로잡혀 그를 바라보았다.

"저를 증오하시다니요! 그럼 제가 무슨 일을 저지른 건가요?"

"당신을 간절히 원하게 만들었으니까요."

에스메랄다는 잠시 아무 말이 없었다. 그러다가 두 눈에서 소리 없이 눈물이 흘렀고 어느 새 한숨이 새어나왔다.

"오! 근위대장님, 저는 당신을 사랑하고 있어요."

이 아가씨에게서는 순정이 만들어낸 어떤 향기와 정절에서 비롯된 어떤 매력이 풍겨 나오고 있었지만, 페뷔스는 그것을 제대로 감지하지 못했다. 그렇지만 그녀의 말은 그를 대담해지게 만들었다.

"당신이 나를 사랑한다고요!"

그는 격정에 사로잡힌 목소리를 토해내더니 손을 뻗어 이집트 여자의 허리를 감싸 안았다. 그는 그런 기회만을 기다리고 있었던 것이다.

"페뷔스!"

보헤미아 여자는 그의 이름을 부르며 자신의 허리에서 근위대장의 끈덕진 손을 살며시 떼어냈다. 그러고는 숨 돌릴 틈 없이 계속해서 말을 쏟아놓았다.

"당신은 훌륭하시고 인정도 많으세요. 게다가 잘생기셨어요. 당신이 저를 구해주셨지요. 저는 불쌍한 떠돌이일 뿐이에요. 저는 오래전부터 제 자신을 구해줄 기사님을 꿈꾸어왔어요. 그런데 제가 당신을 알기 전에 꿈꾸어왔던 사람이 바로 당신이었어요. 나의 페뷔스 님, 제가 꿈꾸어왔던 사람은 당신처럼 당당한 풍채에 큰 칼을 허리에 차고 제복을 입고 있는 모습이었어요."

그는 결코 이처럼 감미로운 소리를 들어본 적이 없었다. 그가 알고 있는 상류사회의 여인들은 수없이 교태를 부려 자신들이 받을 만하다고 생각하는 찬사의 말을 얻어내려고 애쓸 뿐이었다. 사랑에 빠진 여인은 마음의 동요를 감출 필요가 있었다. 이런 능숙한 애교와는 달리, 이 순진한 여자는 자신의 마음속 가장 깊은 곳을 열어 보였다. 그리고 남자는 거기에서 순진성의 표시를 보았다. 그는 거리의 무희 앞에 무릎을 꿇고 앉아 빙그레 웃으며 이런 누추한 장소로 그녀를 오게 한 것에 대해 용서를 구했다. 하지만 페뷔스는 군인일 뿐이었고, 그의 수려한 용모가 그에게 가져다준 수많은 성공들은 그의 타고난 자만심을 키워주었을 따름이었다. 그런 까닭에 이집트 여자의 황홀감은 그리 놀랄 것도 없었지만, 그를 기쁘게 했다. 그는 솔직하면서도 거드름이 배어나오는 태도로 몸을 일으켰다. 그는 그녀의 마음이 고양되어 한층 자극을 받을 수 있도록 그녀의 바람에 응하기로 했다.

"당신은 정말 멋져요!"

그녀가 외쳤다. 그는 미소를 지어 보여야 했고 이번에는 그의 차례였다.

"그래요. 사랑스러운 아가씨……."

"그만, 그만하세요. 아무 말도 하지 마세요. 절 사랑하세요? 저를 사랑한다면 제게 그렇게 말해주시길 원해요."

"내 천사여, 나도 당신을 사랑하기 바라오!" 하고 근위대장이 외쳤다.

"나의 몸과 피와 영혼은 모두 당신 것이오. 모든 것은 당신을 위해 존재합니다. 사랑합니다. 나는 당신 말고는 누구도 사랑해본 적이 없습니다."

그는 이런 말을 자신이 겪었던 수많은 비슷한 상황에서 수없이 되풀이해왔다. 그는 그 말을 단 한 마디도 빠뜨리지 않고 그녀에게 단숨에 늘어놓았다. 이집트 여자는 이 같은 열정적인 고백의 말을 듣고는, 하늘을 대신하고 있는 더러운 천장을 마치 천사라도 되는 듯 행복이 가득한 눈으로 우러러보았다.

"오! 이제 죽어도 좋을 순간이 왔어요."

그녀는 신음하듯 그렇게 말했다. 반면 페뷔스는 이 '순간'이야 말로 그녀의 입술을 훔쳐내기에 안성맞춤인 때라고 생각하면서 재빨리 자신의 입술을 가까이 갖다댔다. 그러고는 외치듯이 말했다.

"죽다니요? 아니, 아름다운 천사께서 무슨 말을 하고 있는 거예요? 살아야지요. 신의 장난에 놀아나서는 안 돼요. 이제 막 달콤한 순간이 시작되려 하는데 죽다니요. 어리석은 짓이에요. 농담이 지나치세요. 나의 사랑하는 시밀라… 에스메랄다… 미안해요, 단지 당신의 이름이 너무나 이국적이어서 그런 이름이 튀어나온 것뿐이에요."

"맙소사! 저는 그 예쁜 이름이 특이하다고만 생각했어요. 하지만 당신 마음에 들지 않는다면 다른 어떤 이름으로 불러도 좋아요." 하고 가엾은 아가씨가 말했다.

"아! 사소한 일에 마음을 쓰지 맙시다. 상냥한 아가씨. 이제부터 익숙해져야 하는 이름입니다. 그게 다예요. 내가 그 이름을 알게 된 다음부터는 아무 문제가 없어요. 그러니 나의 사랑하는 시밀라, 나는 당신을 열렬히 사랑합니다. 나는 당신을 믿기 어려울 만큼 사랑해요. 내가 알고 있는 한 여자가 화가 나서 죽을 지경으로……."

"그게 누구예요?"

질투심에 사로잡힌 아가씨가 말을 끊으며 물었다.

"그게 우리와 무슨 상관이 있나요? 나를 사랑하나요?"

페뷔스가 말했다.

"오! 저 같은 여자에게 필요한 건 오직 그것뿐이에요. 공기와 사랑뿐이에요."

그녀는 어쩔 줄 몰라 하며 외쳤다.

"우리에게 중요한 것은 바로 그 문제예요. 당신은 내가 얼마나 당신을 사랑하는지 알게 될 겁니다. 내가 당신을 이 세상에서 가장 행복한 여인으로 만들어주지 못한다면 바다의 신 넵튠이 나를 삼지창으로 찍어버려도 좋습니다. 나는 당신의 창 아래로 내 병사들을 열병시킬 것입니다. 나는 당신을 왕의 저택으로 데려가 사자들을 보여주겠습니다. 모든 여자들은 맹수들을 보고 싶어합니다."

그의 매력적인 생각들에 푹 빠져버린 아가씨는 정작 그가 무슨 말을 하는지는 듣지도 않은 채 달콤한 목소리에 빠져 꿈을 꾸었다.

갑자기 그녀가 그를 향해 돌아섰다.

"페뷔스, 제게 당신의 종교를 알려주세요."

그녀가 끝없는 사랑이 담긴 표정을 지으며 말했다.

"내 종교라니요? 당신에게 내 종교를 알려달라고요! 당신에게 내 종교가 무슨 소용인가요?"

근위대장은 웃음을 터뜨리며 큰 소리로 말했다.

"우리가 결혼하기 위해서요."

그녀가 대답했다. 근위대장의 얼굴에는 놀라움과 어이없음과 태연함이 뒤섞인 표정이 나타났다. 바닥에 끌리는 옷에 헌 신발을 신고 다니며 한 손에 북을 든 비렁뱅이 같은 여인이 실성을 한 것인가? 결혼을 한다니? 그가 그녀에 대해 일시적인 심심파적의 기대감

밖에 없는 마당에!

그녀는 감동하는 것 같으면서도 의구심을 품고서 그를 뚫어지게 바라보았다. 하지만 그녀가 자신의 천진한 혼란스러움을 나타낼 겨를이 없었던 것처럼, 그 역시 자신의 자유와 즐거움을 동시에 지킬 핑계를 찾을 시간이 없었다. 말로 형언할 수 없는 두려움에 사로잡힌 에스메랄다는 페뷔스의 머리 위쪽에서 또 다른 머리 하나가 갑자기 나타나는 것을 보았다. 그것은 불같은 질투심에 진저리를 치고 있는 신부의 머리였다. 얼굴 가까이에는 비수가 들려 있는 손이 보였다. 그는 구석진 곳에 있는 문을 부숴버리고서 순식간에 나타난 것이었다. 페뷔스는 그를 볼 수 없었다. 아가씨는 이 무시무시한 출현에 얼어붙어 아무 말도 할 수 없었다. 외마디소리조차 나오지 않았다. 그녀는 비수가 페뷔스에게 꽂혔다가 사라지는 것을 보았다.

"제기랄!"

근위대장은 단말마를 토하고는 이내 쓰러졌다.

그녀는 정신을 잃기 전에 불같이 뜨거운, 망나니의 불에 달군 쇠보다도 더 뜨거운 입술이 자신의 입술에 포개지는 것을 느낀 것 같기도 했다.

그녀가 의식을 되찾았을 때는 야경대의 병사들에게 둘러싸여 있었다. 피로 흥건한 근위대장은 밖으로 실려 나갔다. 강으로 나 있는 방 안쪽의 창은 활짝 열려 있었다. 근위대장의 것으로 추측되는 외투 하나가 발견되었다. 주위에서 웅성거리는 소리가 들려왔다.

"마녀가 근위대장을 찌른 거야."

17. 법정에 선 에스메랄다

"여인은 입을 다물라! 그것은 우리가 알 바 아니다."

그랭그와르와 기적궁의 모든 사람들은 견딜 수 없는 걱정에 휩싸여 있었다. 한 달이 되도록 에스메랄다가 어떻게 되었는지 알지 못했기 때문이었다. 그랭그와르는 자신과 친해진 염소마저 사라져버렸기 때문에 더욱 더 상심해 있었다. 어느 날 밤 이집트 여자가 사라졌고, 그날 이후 그녀가 살아 있다는 증거는 아무 데도 없었다. 그녀를 찾기 위한 노력은 모두 부질없었다.

어느 날 그랭그와르는 파리 형사재판소 앞을 슬픈 표정으로 지나다가 법원 앞에 사람들이 모여 있는 것을 보았다.

"무슨 일이 일어났어요?"

그가 막 법원에서 나오는 젊은이에게 물었다.

"잘 모르겠습니다만 근위대장을 죽인 여자를 심판한다더군요. 이 사건에 마법이 관련된 것 같아 주교와 종교재판관도 참석한다고 합니다. 노트르담 성당의 부주교인 나의 형도 그 일에 관여하고 있습니다."

젊은이가 대답했다. 그랭그와르는 젊은이에게 자신이 그의 형인 부주교를 안다고 감히 말하지 못했다. 그를 성당에서 만난 이후 여태껏 찾아가본 일이 없는 까닭에 자신의 무관심이 마음에 걸렸다.

대학생은 다시 가던 길을 갔다. 그랭그와르는 대법정의 계단으로 올라가는 무리들을 따라가기 시작했다. 근심에서 벗어나는 데는 소송 광경을 지켜보는 것만큼 좋은 일이 없다고 생각했던 것이다. 그는 사람들에 뒤섞여 걸어갔다. 사람들은 좋은 자리를 차지하려고 말없이 팔꿈치로 서로를 밀어내고 있었다.

재판정은 넓고 어두워서 훨씬 더 크게 보였다. 날이 저물기 시작했다. 고딕식의 기다란 창들을 통해서 희미한 빛이 간신히 들어오기는 했지만, 그 빛은 너무 흐려져서 둥근 천장과 조각 장식이 된 커다란 격자까지는 미치지 못했다. 그 가운데 수많은 얼굴들이 어둠속에서 어렴풋이 움직이는 듯 보였다. 여러 개의 촛불이 탁자 이곳저곳에 놓여져 서류 더미에 파묻혀 있는 서기들의 머리 위를 밝혀주었다.

"저기 종교회의 주교들처럼 나란히 앉아 있는 사람들은 대체 어떤 사람들입니까?"

그랭그와르가 옆 사람에게 물었다.

"오른쪽에 있는 사람들은 대법정의 판사들이고 왼쪽은 심리판사들입니다. 또 검은 법복을 입고 있는 사람들은 공증인들이고 붉은 법복은 변호사들입니다."

옆 사람이 그에게 대답했다.

"그럼, 그들 가운데 앞에서 땀을 흘리고 있는 혈색 좋은 뚱뚱한 양반은요?"

"재판장님입니다."

"그 사람 뒤에 양떼처럼 모여 있는 사람들은요?"

그랭그와르는 연이어 물었다. 그랭그와르의 질문은 끊임없이 이어졌지만 옆 사람은 상세하게 대답해주었다. 마침내 그랭그와르가 제일 중요한 질문을 던졌다.

"그런데 이 사람들이 다 무슨 일 때문에 모였답디까?"

"재판을 하기 위해서입니다."

"대체 어떤 사람을 재판합니까? 피고가 어디에 있다고요?"

"피고는 여자입니다. 당신은 그녀를 볼 수 없어요. 그녀는 돌아서 있는데다가 사람들 사이에 있어 보이지 않습니다. 저기 보이는 미늘창 쪽에 그녀가 있어요."

"그 여자는 어떤 사람인가요? 이름이라도 아십니까?"

"모릅니다. 저도 지금 막 도착했어요. 추측건대 종교재판관이 와 있는 것으로 보아 마법이 문제되겠지요."

그때 주위 사람들이 수다스럽게 떠들고 있는 두 사람에게 조용히 하라고 주의를 주었다. 막 중요한 증언이 시작되고 있었다.

"나리들, 두 말할 필요도 없는 말입니다만, 저는 생 미셸 다리 위 거리에서 40년 이상 살아오면서 세금을 꼬박꼬박 내고 있는 늙은이입니다."

　말을 하고 있는 노파의 얼굴은 옷 사이에 파묻혀 있어서 보이지 않았고 마치 누더기 더미가 움직이는 것 같았다.

　"어느 날 밤, 저는 물레를 잣고 있었는데 문 두드리는 소리가 들리기에 누구냐고 물었습니다. 누군가 욕설을 퍼부어서 문을 열어주었더니 어떤 남자가 들어왔습니다. 멋진 장교였습니다. 그가 방을 요구했는데, 나리들, 그건 위층에 있는 깨끗한 방이었습니다. 그가 제게 에퀴 한 닢을 주었습니다. 저는 동전을 쥐고 서랍에 넣으며 내일은 요리에 쓸 내장을 사러가야겠다고 말했습니다. 우리는 위층으로 올라갔고 잘 생긴 장교님은 누군가를 기다리고 있었습니다. 다시 실타래를 뽑고 있는데 예쁜 아가씨 하나가 들어왔습니다. 아가씨 옆에는 큰 염소가 있었는데 흰색인지 검은색인지는 기억이 나지 않습니다. 어쨌든 토요일의 냄새*가 났습니다. 아가씨는 절 쳐다보지 않았지만 염소는, 글쎄요… 하지만 저는 아무 말도 안 했습니다. 저는 에퀴 금화를 가지고 있었습니다. 판사님, 제가 분명히 그랬지요? 저는 아가씨를 위층 방으로 올려 보냈습니다. 저는 그 사람들만 남겨두고 내려왔습니다. 염소도 함께 말입니다. 그리고 나서 저는 다시 물레를 잣기 시작했습니다. 말해둘 것이 있습니다. 저희 집은 2층으로 되어 있는데 다리 위의 여느 집들처럼 뒤편은 강을 향하고 있고 창들은 강 쪽으로 나 있습니다. 그런데 제가 일을 하고 있는데 갑자기 위

---

* 중세 사람들은 마녀들의 야회가 토요일에 열린다고 믿었다.

에서 비명소리가 들리더니 무언가가 바닥에 쿵하고 쓰러졌습니다. 그러고서 창문이 열렸습니다. 제가 창문을 향해 뛰어갔더니 눈앞에 시커먼 물체 하나가 지나가는 것이 보였습니다. 달빛이 밝아 저는 그것을 분명히 보았습니다. 그래서 저는 너무 두려워 야경꾼을 불렀고 열두 명쯤 되는 사람들이 들어왔습니다. 저는 그들에게 자초지종을 설명했습니다. 그리고 무슨 일이 있었는지 보려고 위층으로 올라갔습니다. 방에는 피가 흥건했고 근위대장님은 목에 칼이 박힌 채 길게 누워 있었습니다. 아가씨는 꼼짝 않고 있었고 숫염소는 겁에 질려 있었습니다. 사람들이 가엾은 장교와 단정치 못한 옷차림의 여자를 옮겨갔습니다. 잠깐만요! 더 고약한 일은 제가 그 다음날 내장을 사기 위해 에퀴를 꺼내려는데, 동전은 온데간데없고 마른 나뭇잎만 하나 있었습니다."

노파는 입을 다물었다. 두려움에 사로잡힌 웅성거림이 법정에 울려 퍼졌다.

"그 숫염소와 마른 잎에서는 마법의 냄새가 나는걸요."

그랭그와르의 옆에 있던 사람이 말했다. 그 역시 똑같은 의심을 하고 있었다. 법관이 일어섰다.

"여인은 에퀴가 변했다는 마른 잎을 가져왔는가?"

"여부가 있겠습니까. 제가 그걸 찾았습니다. 여기 있습니다."

노파가 대답했다. 집행관은 낙엽을 법관에게 전했는데, 그는 침울한 표정으로 고개를 끄덕이더니 그것을 다시 재판장과 검사에게 차례로 넘겨 마침내 법정을 한바퀴 모두 돌게 하였다.

"자작나무 잎이군."

교회 재판소에서 일하는 국왕의 검사인 자크 샤르몰뤼가 말했다. 마법에 대한 새로운 증거인 셈이었다. 이 결정적인 의견으로 인해 법정에 남아 있던 의심은 사라져버리는 듯싶었다.

"여러분은 페뷔스 드 샤토페르의 소송 기록을 참고하실 수 있겠습니다."

왕의 변호사가 앉으면서 덧붙였다. 페뷔스라는 이름에 피고 여인은 벌떡 일어났다. 그녀는 사람들 사이로 머리를 비집고 나왔다. 그랭그와르는 에스메랄다를 알아보고서 깜짝 놀랐다. 그녀는 창백했으며, 예전에 그렇게도 우아하게 땋아 내려 금화 모양의 조각으로 장식했던 머리칼은 아무렇게나 엉클어져 있었다. 그녀의 입술은 푸르스름했고 움푹 팬 두 눈은 겁에 질려 있었다.

"페뷔스! 그 사람은 어디에 있나요? 나리들 저를 죽이기 전에 은총을 베푸셔서 그 사람이 아직 살아 있는지 말해주세요!"

그녀가 정신없이 외쳤다.

"여인은 입을 다물라! 그것은 우리가 알 바 아니다."

재판관이 대답했다.

"오! 동정을 베푸셔서 그 사람이 살아 있는지 제게 말해주세요!"

그녀는 수척해진 아름다운 두 손을 꼭 모으고 다시 말했다. 그 순간 그녀의 몸에 달려 있던 장신구가 그녀의 옷을 따라 파르르 떨리는 소리가 들렸다.

"이런! 그는 죽었소, 이제 만족하시오?"

왕의 변호사가 퉁명스럽게 말했다. 불행한 여인은 의자에 다시 주저앉았고 아무 말도 하지 않았으며 눈물도 흘리지 않았다. 그녀의 얼굴은 밀랍으로 만든 형상처럼 창백했다.

"집행관, 두 번째 피고인을 들이시오."

모든 시선이 작은 문 쪽으로 향했다. 문이 열리면서 뿔이 달리고 금으로 발을 장식한 귀여운 암염소가 나타났다. 그것을 본 그랭그와르는 가슴이 설렜다. 그 우아한 짐승은 문턱에서 잠시 멈춰 서더니 목을 곧추세웠다. 염소는 보헤미아 여인을 알아보고는 갑자기 탁자와 서기의 머리 위로 뛰어올라 그녀의 무릎으로 달려갔다. 그러더니 주인이 다정한 말을 해주거나 쓰다듬어주기를 간청하는 듯이 그녀의 발 아래로 맵시 있게 몸을 굴렸다. 하지만 피고 여인은 가엾은 잘리를 거들떠보지도 않은 채 꼼짝 않고 있었다.

"저런, 고약한 짐승을 보게나! 내가 저 둘을 분명히 보았다니까."

노파가 말했다. 그러자 자크 샤르몰뤼가 다시 개입했다.

"허락해주신다면 염소에 대한 심문을 시작하겠습니다."

말하자면 염소가 두 번째 피고인 셈이었다. 짐승에게 마법소송이 제기되고 있는 마당에 결과는 물을 것도 없었다. 하지만 교회 법원의 검사는 큰 소리로 말했다.

"만일 이 암염소를 사로잡고 있으며 일체의 마귀 쫓기 의식에 맞서고 있는 사탄이 마법을 굽히지 않는다면, 또한 사탄이 마법으로 법정에 공포심을 불어넣는다면, 부득이 우리는 그에 대해 교수형이나 화형의 형벌을 내릴 것입니다."

그랭그와르는 식은땀이 흘렀다. 샤르몰뤼는 탁자 위에서 보헤미아 여인의 북을 집어 들고는 염소에게 보여주며 말을 걸었다.

"지금 몇 시지?"

암염소는 그를 영리한 눈빛으로 바라보더니 황금 발을 들어 일곱 번을 쳤다. 실제로 일곱 시였다. 공포심으로 야기된 동요가 사람들 사이에 퍼져나갔다.

"아! 염소가 자신이 무슨 일을 하는지 모른다는 것을 여러분도 아시지 않습니까."

그랭그와르는 견딜 수 없어서 큰 소리로 외쳤다.

"무례한 자들은 조용히 하시오!" 집행관이 날카롭게 외쳤다.

자크 샤르몰뤼는 탬버린을 이용해 염소에게 날짜와 달을 알아맞히는 등의 여러 가지 재주를 부리게 했다. 그런데 거리에서 잘리의 순진한 장난기에 적어도 한 번 이상 박수를 쳤을 사람들이 법정에서는 두려움에 사로잡혔다. 암염소는 단연코 악마가 되어 있었다. 더 고약한 일은, 왕의 검사가 잘리의 목에 걸려 있던 가죽 주머니 속의 글자들을 바닥에 쏟아놓자 염소가 흩어진 알파벳을 발로 헤쳐 모아 페뷔스라는 치명적인 이름을 풀어낸 것이다.

"처녀여, 너는 마법에 빠진 보헤미아 사람이 틀림없다. 너는 이 소송에 연루된 귀신들린 암염소와 공모하여 지난 3월 29일 밤 암흑의 힘을 빌리고 마법에 힘입어 국왕 친위대의 대장 페뷔스 드 샤토페르를 칼로 찔러 죽였다. 끝까지 부인하겠는가?"

"너무 끔찍해요! 나의 페뷔스! 오! 너무 고통스러워요."

아가씨는 두 손으로 얼굴을 감싸며 외쳤다.

"계속 부인하겠다는 건가?"

재판장이 차갑게 물었다.

"이건 아니야!"

그녀는 두 눈을 이글거리며 격앙된 어조로 외쳤다.

"피고가 끝까지 주장을 굽히지 않으니 고문을 가할 것을 요청하는 바입니다."

"인정합니다."

재판장이 말했다. 불행한 여인은 온몸을 떨며 미늘창을 지닌 병사들에 이끌려 일어났다. 하지만 샤르몰뤼 검사와 종교재판소의 성직자들을 따라 두 줄로 늘어선 미늘창 사이를 단호한 걸음으로 걸어갔다. 중간 문이 갑자기 열리더니 그녀의 등 뒤에서 닫혀버렸다. 슬픔에 잠긴 그랭그와르에게 그것은 마치 에스메랄다를 먹어 삼킨 무서운 아가리처럼 보였다.

공판은 중단되었다.

18. 지하 감옥에서

"다치게 하기엔 아까운걸." 무지막지한 고문관도 혀를 끌끌 차며 말했다.

　간수들에 둘러싸인 에스메랄다는, 너무 어두워 한낮에도 불을 켜두어야 하는 복도를 몇 번이고 오르내린 끝에 음침한 방으로 떠밀려 들어갔다. 방에는 입구 말고는 다른 출입구가 없었지만 빛이 들어오고 있었다. 화덕 하나가 벽 안쪽에 만들어져 있었다. 커다란 불꽃이 지하실을 붉게 물들이면서 구석진 곳의 꺼질 듯한 촛불을 삼켜버렸다. 화덕을 닫는 데 쓰이는 창살문은 올려져 있었고, 어두운 벽에서 불을 뿜어내는 환기창의 구멍으로는 쇠창살의 아래 끝 부분만이 보였다. 그래서 마치 전설 속의 용이 날카롭게 드문드문 늘어선 이빨을 드러내며 불을 뿜어내고 있는 것처럼 보였다.
　여죄수는 불빛 속에서 방 주변에 흩어져 있는, 무엇에 쓰이는지 모를 무시무시한 도구들을 보았다. 그 가운데에 가죽 침상이 바닥에 놓여 있었고, 그 위에는 버클이 달린 가죽 끈이 구리 고리에 연결되어 매달려 있었다. 집게와 지렛대, 넓은 쇠로 만들어진 쟁기 등이 화덕 안에 뒤죽박죽으로 가득 놓여 숯불 위에서 달아오르고 있었다. 지옥은 바로 이 고문실에 붙일 만한 이름이었다.

침상 위에는 지독한 고문기술자 피에라 토르테뤼가 무심하게 앉아 있었다. 그의 조수인 각진 얼굴의 두 난쟁이는 가죽 앞치마에 무명 밧줄을 두르고 숯불 위에 놓인 쇠붙이를 휘휘 젓고 있었다. 가엾은 처녀는 용기를 되찾으려 했지만 아무 소용이 없었고, 방에 들어서면서부터 공포에 사로잡혔다.

한편에는 법정의 경찰들이 정렬해 있었고 다른 한편에는 종교재판소의 성직자들이 나와 있었다. 한쪽 구석에는 잉크병이 놓인 탁자 앞에 서기가 앉아 있었다. 자크 샤르몰뤼 검사는 이집트 여자에게로 다가와 온화한 미소를 지어 보였다.

"귀여운 아가씨, 아직도 죄를 부인하는가?"

"전 모르는 일이에요."

그녀가 꺼져가는 목소리로 대답했다.

"이런 경우 더 강도 높게 심문을 할 수밖에 없다. 이제 너를 이 침상에 앉혀야겠다!"

샤르몰뤼가 다시 말했다. 에스메랄다는 가능한 한 똑바로 서 있었다. 수많은 불쌍한 사람들이 고통을 당한 그 가죽 침상이 그녀를 몸서리치게 만들었기 때문이었다. 공포가 그녀를 골수까지 얼어붙게 만들었다. 샤르몰뤼의 신호가 떨어지자 고문관의 시종 둘이 그녀를 붙들어 침상에 앉혔다. 그들은 아직 그녀에게 고통을 주지는 않았지만, 가죽 끈에 묶이자마자 그녀는 온몸의 피가 가슴으로 몰리는 것을 느꼈다. 그녀의 시선은 초점을 잃고 있었다.

"의사는 어디에 있소?"

"여기에 있습니다."

샤르몰뤼가 묻자 검은 법복을 입은 사람이 대답했다.

"검사님, 무엇부터 시작할까요?"

느닷없이 고문기술자인 피에라가 말했다. 샤르몰뤼는 마치 운韻을 찾는 시인처럼 모호하게 얼굴을 찌푸리면서 잠시 머뭇거리더니 마침내 입을 열었다.

"우선 발을 형틀에 끼워라."

이 불행한 여인은 신과 세상 사람들로부터 너무나 철두철미하게 버림받았다고 느낀 나머지 무기력하게 고개를 떨어뜨렸다. 고문기술자와 의사가 동시에 그녀에게로 다가왔다. 동시에 시종 둘이 소름 끼치는 쇠붙이들을 헤집기 시작했다. 시종의 투박한 손은 우아함과 아름다움으로 파리의 거리에서 사람들을 수없이 감탄하게 만들었던 그녀의 작은 발을 거칠게 드러내놓았다.

"오, 나의 페뷔스……."

그녀는 나지막하게 중얼거렸다. 흐릿해진 눈길 사이로 발을 조이는 고문기구가 점점 다가오는 것이 보였다. 그러더니 이내 두 다리가 쇠를 붙인 널빤지 사이에 끼워져 그 무시무시한 도구 속으로 사라졌다.

"다치게 하기엔 아까운걸."

무지막지한 고문관도 혀를 끌끌 차며 말했다. 그러자 그녀는 다시금 공포로 인해 정신이 번쩍 들었다.

"제발 그걸 치워주세요!"

그녀는 침상 밖으로 몸을 던져 왕의 검사 앞에 무릎을 꿇으려 했다. 하지만 두 다리가 떡갈나무와 쇠붙이의 무거운 틀 안에 갇혀 있던 탓에 그대로 쓰러져버리고 말았다. 그녀는 납덩이를 날개에 달고 있는 꿀벌보다도 더 기진맥진했다.

샤르몰뤼의 신호가 떨어지자 그녀는 다시 침상 위에 올려졌고, 커다란 두 손이 그녀의 가는 허리를 천장에 매달려 있는 가죽 끈에 붙들어 맸다.

"마지막으로 묻겠다. 기소 사실을 인정하는가?"

"저는 죄가 없어요."

"계속하시오!"

샤르몰뤼가 피에라에게 명했다. 피에라가 기구의 손잡이를 돌리자 고문기구가 조여져갔다. 불행한 여인은 무어라 표현할 수 없는 끔찍스러운 소리를 뱉어냈다.

"멈추시오. 자백하겠는가?"

샤르몰뤼는 피에라에게 지시한 뒤 이집트 여자에게 다시 물었다.

"전부 다요! 자백할게요. 자백할게요, 제발 살려주세요!"

불쌍한 아가씨가 외쳤다. 그녀는 자신이 고문에 맞서 얼마나 견딜 수 있는지 생각하지 못했던 것이다. 지금껏 그토록 즐겁고 감미로운 삶을 살아왔던 아가씨는 그만 처음 겪는 고통에 짓눌려버렸다.

"정의의 이름으로 너에게 말해두지 않을 수 없다. 이제 자백을 한 이상 너를 기다리고 있는 것은 죽음뿐이다."

왕의 검사가 엄숙하게 말했다.

"제발 그렇게 해주세요."

그녀는 말을 마치자마자 죽은 듯이 허리가 꺾이며 가죽 침상 위로 다시 쓰러졌다. 그러자 가슴 위로 버클을 채운 가죽 끈에 몸이 매달렸다. 자크 샤르몰뤼는 목소리를 높였다.

"서기는 기록하시오. 보헤미아 처녀여, 너는 악령, 흡혈귀와 어울려 지옥의 회식과 야연夜宴, 마법의식에 참석했는가? 대답하라."

"예."

그녀의 목소리는 너무나 낮아서 자신의 숨결에 묻혀버렸다.

"너는 마왕 벨제뷔트*가 야연을 열기 위해 연기 속에 나타나게 한 숫양을 보았는가? 마법사들에게만 보이는 숫양 말이다!"

"예."

"너는 악마의 도움을 받아 지난 3월 29일 밤 페뷔스 드 샤토페르 근위대장을 상해하고 살해했다고 자백했는가?"

"예."

그녀는 커다란 두 눈을 들어 법관을 쳐다보며 아무런 동요 없이 기계적으로 대답했다.

"서기는 기록하시오."

---

* 사탄의 오른팔이며 파리 대왕이라고 불리기도 한다. 등에는 박쥐 날개가 달렸고 화가 날 때는 불꽃을 내뿜으며 늑대처럼 우는 악마이다.

샤르몰뤼는 서기에게 말하고서 고문을 맡고 있던 자들에게 몸을 돌렸다.

"죄수를 풀어주고 법정으로 데려가라."

그녀는 창백한 모습으로 다리를 절뚝거리며 법정으로 들어왔다. 안도의 술렁거림이 그녀를 맞았다. 관객들 입장에서는 극장에서 마지막 막간이 끝났을 때의 조바심에 대한 보상이었고, 판사들의 입장에서는 곧 야식을 먹을 수 있겠다는 희망에 대한 표시였다. 귀여운 암염소도 반가운 마음에 '매에' 하고 울면서 주인에게로 달려가려 했지만 의자에 몸이 묶여 있었다.

에스메랄다는 바닥에 몸이 질질 끌리듯이 자리로 돌아갔다. 샤르몰뤼는 위엄 있게 자리로 가 앉더니 다시 일어서며 말했다.

"피고가 모든 사실을 자백했습니다."

"보헤미아 여인은 마법과 페뷔스 드 샤토페르 살해에 관한 너의 모든 행위를 자백했는가?"

재판장이 다시 물었다. 그녀는 가슴이 메어졌다. 어둠속에서 그녀가 흐느끼는 소리가 들렸다. 그러곤 그녀의 힘없는 목소리가 이어졌다.

"뭐든지 다요. 빨리 죽여만 주세요."

샤르몰뤼 검사는 공소장을 제출한 다음, 요란한 손짓과 거드름을 피우는 어조로 자신의 말을 강조하면서 라틴어 연설문을 읽기 시작했다. 연설문에는 모든 공소 사실의 증거들이 검사가 좋아하는 희극시인 플라우투스에서 따온 인용문과 더불어 키케로식의 완곡한 표현법으로 꾸며져 있었다. 그 훌륭한 작품을 독자들에게 제공하지 못함을 애석하게 생각할 뿐이다. 뒤이어 투표가 진행되었다. 판사들은 이미 확정된 의견에 맹종하면서 판결을 서둘렀다. 불행한 여인은 사람들의 웅성거림 사이로 차가운 목소리 하나가 튀어나오는 소리를 들었다.

"보헤미아 여인은 들으라. 너는 폐하께서 정하시는 날 정오에 속옷 차림에 맨발을 하고서 목에는 줄을 맨 채 호송마차로 끌려갈 것이다. 또한 노트르담 성당의 현관 앞에서 손에 상당한 무게의 촛불을 들고 공개사죄를 해야 할 것이며, 그곳에서 그레브 광장으로 끌려가 시의 사형대에서 목이 매달려 죽을 것이다. 너의 암염소도 마찬가지 운명이다. 또한 종교재판소에 금화 세 개를 지불해야 하는데, 그것은 네가 범하고 자백한 죄와 마법, 그리고 페뷔스 드 샤토페르를 살해한 것에 대한 배상이다. 신의 가호가 있기를!"

"오! 이건 꿈이야!"

그녀는 그렇게 중얼거리면서 이내 거친 손이 다가와 자신을 끌고 가는 것을 느꼈다.

감옥으로 돌아온 그녀가 공기와 태양을 그리워한 것은 자신을 위해서가 아니었다. 가엾은 아가씨는 사랑하는 사람이 신음하고 있을 또 다른 무덤을 생각하고 있었다. 그녀는 그를 파멸로 이끈 것을 자책했다. 그가 자신을 알지 못했다면 그는 노파의 집으로 가지 않았을 것이다. 아! 그날 밤 번쩍이는 박차가 달린 장화를 신고 있던 그이는 얼마나 멋졌던가! 이런 회한이 솟아오르자 그녀는 벌레들이 기어 다니는 바닥에 얼굴을 처박고 쓰러져 절망에 빠졌다.

에스메랄다는 밤과 낮을 구분할 수 없는 지하 감옥에서 시간이 얼마나 흘렀는지 가늠할 수가 없었다. 춤을 추며 자유롭게 세상을 떠돌던 아가씨에게 차디찬 돌바닥의 습하고 어두운 지하 감옥 생활은 도저히 감내하기 어려운 것이었다.

그녀가 고통 속에서 죽음을 기다리고 있던 어느 날, 감옥의 문이 열리더니 사람 형체의 검은 그림자가 들어오고 나서 다시 문이 닫혔다. 그는 눈만 간신히 내민 두건을 깊숙이 쓰고 있었는데, 소매 없는 겉옷은 발등까지 감싸고 있었다. 얼마쯤 시간이 지나 그녀가 물었다.

"누구세요?"

"신부요."

그녀는 그 대답과 억양, 목소리에 소스라치게 놀랐다. 신부는 희미한 목소리로 말을 이었다.

"준비는 되었소?"

"무슨 말이세요?"

"죽을 준비 말이오."

"그럼 곧 죽게 되나요?"

"바로 내일이오."

그녀는 헛된 기대로 치켜들었던 고개를 다시 힘없이 떨어뜨렸다. 신부는 잠시 기다렸다가 다시 그녀에게 물었다.

"여기서 지내기가 무척 힘든가 보오?"

"이곳은 정말 추워요."

"빛도 없고, 온기도 없고, 물도 없다니! 끔찍한 곳이 틀림없소!"

신부는 두건 너머로 지하 감옥을 훑어보는 것 같더니 말을 받았다.

"그럼, 나를 따라오시오."

신부는 그렇게 말하고 나서 그녀의 손을 잡았다. 그녀는 가슴속까지 얼어붙어 있었지만 그녀가 잡은 손은 죽은 사람의 손보다 더 차가웠다.

"당신은 도대체 누구세요?"

그녀가 손을 빼며 물었다. 신부는 두건을 걷어 올렸다. 그녀는 그를 처다보았다. 그 얼굴은 그녀를 그토록 오랫동안 쫓아다니던 불길한 사탄의 머리이자, 그녀가 사랑하는 페뷔스의 뒤쪽에서 느닷없이 나타나 비수를 꽂은 신부의 얼굴이었다.

"내가 무섭소?"

그가 물었다. 그녀는 대답하지 않았다.

"내가 무섭냐고 물었소."

그가 재차 물었다.

"그래요."

그녀는 마치 빙그레 웃듯이 입술을 오므리고는 대답했다. 그녀는 지금까지 자신을 따라다니며 괴롭혀오고 자신을 지금과 같은 구렁텅이로 빠뜨린 신부를 증오했다. 그 사람만 없었다면 그녀는 행복했을 것이고 페뷔스도 죽지 않았을 것이다. 그녀의 이 같은 증오에도 아랑곳없이 신부가 소리치듯 말했다.

"나는 당신을 사랑하오!"

그녀는 그를 멍한 시선으로 바라보았고, 신부는 무릎을 꿇고 그녀를 타오르는 눈길로 응시했다.

"듣고 있소? 나는 당신을 사랑한단 말이오."

그가 다시 소리쳤다.

"사랑이라니!"

그녀가 몸을 떨며 말했다.

"지옥에 떨어진 사람의 사랑이오."

그가 다시 말했다. 두 사람은 자신들의 감정의 무게에 짓눌려 한동안 말이 없었다. 그는 극도의 흥분 상태였고 그녀는 얼이 빠져 있었다.

"자, 들어봐."

마침내 신부가 말했다. 그에게서는 기이한 냉정함이 배어나왔다.

"곧 모든 것을 알게 될 것이다. 나는 지금까지 나 자신에게도 감히 말하지 못한 것들을 네게 말하겠다. 나는 너무 어두워서 신도 우리를 보지 못하는 깊은 밤 시간에 내 양심에 남몰래 묻곤 했다. 젊은 너를 보기 전에 나는 행복했다."

신부는 결심한 듯이 에스메랄다에게 자신의 지나온 삶과 심경을 고백했다. 그의 과거 삶은 오직 학문적 열정으로만 가득 차 있었고 일시적인 정념에 사로잡혔을 때에도 학문의 힘으로 어렵지 않게 그것을 이겨낼 수 있었다. 하지만 성당 앞 광장에서 춤을 추고 있는 이집트 여자를 본 순간부터 모든 것이 달라졌다. 그는 그녀의 매력에 사로잡혔고 난생 처음 겪는 환희에 가슴이 설레기도 했다. 다른 한편으로는 허공을 날듯이 솟아올랐다가 사뿐히 내려앉는 그녀의 춤과 불길한 염소의 울음소리 등이 모두 단지 악마의 유혹일 뿐이라고 스스로를 경계하기도 했다. 하지만 그녀의 노랫소리와 몸짓 하나하나는 줄곧 그의 머릿속을 떠나지 않았다. 그는 책에 몰두하려 했지만 소용이 없었고, 때로는 하찮은 집시 여자에 불과한 그녀를 경멸하기도 했으며 때로는 그녀를 증오하거나 자기 자신을 증오하기도 했다. 물론 그의 노력은 모두 허사였다. 그녀에 대한 미움이나 경멸도, 자기 자신에 대한 자책도 결국은 그녀에 대한 그리움이나 사랑으로 끝을 맺었다. 마침내 그는 그녀를 종교재판에 회부함으로써 그녀를 죽음에 이르게 하여 이 가혹한 운명의 굴레에서 영원히 벗어날 수 있다고 믿기에 이르렀다. 결국 그는 질투심에 불타올라 그녀와 함께 있던 남자를 찌르게 된 일까지 고백하고 말았다.

신부는 고백을 끝내고서 한동안 말이 없었다. 처녀는 오직 한 마디 말밖에 내뱉을 수 없었다.

"오, 나의 페뷔스!"

신부는 여전히 희망을 잃지 않고 처녀에게 동정과 연민을 호소했다. 그는 신부의 몸으로 여자를 사랑하게 된 자신의 불행과 고통을 조금이라도 알아달라고 간절히 애원했다. 하지만 그녀에게서 돌아온 대답은 여전히 '페뷔스'라는 한 마디뿐이었다.

마침내 신부는 뜻 모를 온화함을 풍기며 말했다.

"그래, 나를 마음껏 모욕하고 비웃으며 짓눌러라. 하지만 이리 오너라. 서둘러야 한다. 바로 내일이면 그레브 광장의 사형대가 너를 맞이할 것이다. 나는 지금 이 순간보다 더 너를 사랑한다고 느낀 적이 결코 없었다. 나를 따라 오거라. 우선 내가 너를 구해야 네가 나를 사랑할 시간이 있을 것이다. 그래야 너도 원 없이 나를 증오할 수 있을 것이다. 그러니, 우선 가자. 내일이면 모든 것이 끝이다. 너도 살고 나도 살아야 한다!"

그는 그녀의 팔을 잡았다. 그는 정신 나간 사람처럼 그녀를 끌고 가려 했다. 그녀는 그를 뚫어지게 쳐다보았다.

"나의 페뷔스는 어떻게 되었나요?"

"아! 너는 끝까지 가혹하구나!"

신부가 그녀의 팔을 놓으며 말했다.

"페뷔스는 어떻게 되었어요?"

그녀는 차가운 목소리로 다시 물었다.

"그는 죽었어!"

신부가 소리쳤다.

"죽었다니!"

그녀는 여전히 얼음장같이 차가웠고 조금도 움직이려 들지 않았다.

"그래, 그는 죽은 게 분명해. 내가 분명히 그의 심장을 날카로운 칼끝으로 찔렀으니까."

신부는 자기 자신에게 말하듯이 중얼거렸다. 그녀는 그에게 맹수처럼 달려들어 초인적인 힘으로 그를 계단을 향해 밀어버렸다.

"꺼져버려, 이 괴물아! 꺼져버려, 살인자야! 날 죽게 내버려둬! 우리 두 사람의 피가 네 얼굴에 영원한 오명을 남길 거야! 네 놈의 여자가 된다고? 결코, 결코 그런 일은 없어! 너와 나는 지옥에서도 만나지 못할 거야! 꺼져버려, 영원히 저주받을 놈아!"

신부는 계단에서 잠시 비틀거리더니 문을 열고 나가버렸다. 그러더니 갑자기 다시 나타나 분노와 절망에 사로잡힌 목소리로 그녀에게 말했다.

"그 놈은 죽었단 말이야!"

그녀는 바닥에 얼굴을 묻고 쓰러졌다. 이제 어두운 감옥에서 들리는 소리라고는 어둠속 웅덩이에서 한 방울 한 방울 떨어지는 물방울소리밖에 없었다.

19. 세 남자의 마음

"이제 가거라, 불안한 영혼이여. 그대에게 신의 용서가 있기를."

페뷔스는 죽은 것이 아니었다. 그런 종류의 사람들은 목숨이 질기 게 마련이다. 왕의 특별변호사인 필립 뢰리에 씨가 가엾은 에스메랄 다에게 '그는 죽었다'라고 말한 것은 실수였거나 아니면 농담이었다.

페뷔스의 부상이 심각하지 않았던 것은 아니지만 상처를 입힌 자 가 생각한 것만큼 위중하지는 않았다. 의사 선생은 야경대의 병사 들이 그를 자신에게 데리고 왔을 때 처음에는 그가 일주일을 넘기 지 못할 것이라고 생각했다. 그렇지만 젊음은 병을 이겨냈으며, 자연 의 힘은 의사의 진단을 조롱하듯 환자를 치유해주었다.

페뷔스가 필립 뢰리에와 종교재판소의 조사원들에게 첫 번째 심 문을 받은 것은 아직 병상에 누워 있을 때였다. 그는 그 일 때문에 매우 귀찮아졌다. 그래서 어느 이른 아침 좀더 몸이 나아지는 것을 느끼자 치료비로 금 박차를 남겨두고는 아무도 모르게 달아났다.

게다가 그의 행동은 사건의 예심에 어떠한 어려움도 야기하지 않았다. 판사들은 에스메랄다에 대해 충분한 증거를 확보하고 있었다. 그들은 페뷔스가 사망했다고 믿었고 모든 일은 이미 끝나 있었다. 페뷔스의 입장에서 그것은 대단한 도피가 아니었다. 그는 단지 파리 근교 쾨엉브리에 주둔하고 있는 그의 부대로 복귀하러 간 것뿐이었다.

무엇보다도 그는 재판에 몸소 출석하는 일이 전혀 마음에 내키지 않았다. 그곳에 서면 자신이 우스꽝스럽게 보일 거라고 어렴풋이 생각하고 있었다. 결국 그는 모든 일에 대해 그리 깊이 생각하지 못한 것이었다. 그는 신앙심이 깊지 않았고 미신을 믿는 터였기 때문에, 암염소에 대해서도, 그가 에스메랄다와 만나게 된 이상한 모양새에 대해서도, 그녀가 자신에게 사랑을 일깨워준 다소 이상한 방식에 대해서도, 그리고 이집트 여자의 신분에 대해서도 꺼림칙하게 느끼고 있었다. 그는 그 경험에서 사랑보다는 마법의 분위기를 훨씬 더 많이 느끼고 있었다.

플뢰르 드 리스는 그가 끝에서 두 번째로 정열을 쏟은 귀여운 아가씨이며 상당한 지참금을 지니고 있었다. 그래서 어느 이른 아침 완전히 회복되었을 때, 두 달이면 보헤미아 여자와의 일이 끝나거나 잊혀졌거니 예상하고서, 이 사랑에 빠진 기사는 의기양양하게 공들로리에 부인의 저택 앞에 도착했다.

그는 노트르담 현관 앞 파비스 광장에 운집한 상당수의 군중에 주목하지 않았다. 지금이 5월임을 떠올리고는 종교행렬이 있거나 성신강림대축제 같은 축제들 때문일 거라고 생각했다. 그는 말을 현관 고리에 묶어두고서 즐거운 마음으로 약혼녀의 집으로 올라갔다. 그녀는 어머니와 단둘이었다.

플뢰르 드 리스는 마녀의 모습과 그녀의 염소, 저주받은 알파벳 글자, 페뷔스의 오랜 부재 등을 항상 마음에 담아두고 있었다. 하지만 그녀는 근위대장이 들어오는 것을 보자 그가 너무나 멋지고 정열적인 모습이라고 생각한 나머지 즐거움으로 얼굴이 붉어졌다. 이 고상한 숙녀 역시 여느 때보다도 더 매력적이었다. 그녀의 멋진 황금빛 머릿결은 황홀하게 땋아 내려져 있었다. 그녀는 금발머리에 잘 어울리는 온통 푸른색의 옷을 입고 있었고, 또한 그보다 훨씬 더 잘 어울리는 사랑에 젖은 우수어린 눈빛을 띠고 있었다. 아가씨는 창가에 앉아 있었고, 카펫에는 넵튠의 동굴이 수놓아져 있었다. 근위대장이 의자 등받이에 몸을 기대자 그녀는 낮은 목소리로 어리광을 부리듯 질책을 쏟아놓았다. 하지만 젊은이는 광장 쪽으로 시선을 고정한 채 다른 말을 꺼냈다.

"사람들이 많이 모여 있소!"

"마녀 하나가 오늘 아침에 성당 앞에서 공개사죄하고 목매달려 죽을 것 같아요."

플뢰르 드 리스가 말했다.

근위대장은 에스메랄다의 일이 끝났다고 진작부터 생각했던 터라 플뢰르 드 리스의 말을 듣고도 별로 놀라지 않았다. 그저 한두 가지 더 물어볼 뿐이었다.

"그 마녀의 이름이 뭐라고 하던가요?"

"모르겠어요."

"그녀가 무슨 짓을 했다고 하던가요?"

"모르겠어요."

그녀는 하얗게 드러내놓은 어깨를 다시 한번 으쓱해 보이며 말했다.

"오, 하느님 맙소사! 요즘은 마녀가 수없이 불타죽어서 그 이름도 모른다네." 하고 그녀의 어머니가 옆에서 말했다.

"페뷔스, 우리는 석 달 후에 결혼해야 해요. 당신이 나 외에는 다른 어떤 여자도 사랑하지 않았다는 것을 맹세해주세요."

플뢰르 드 리스가 느닷없이 말했다.

"당신에게 맹세하겠소. 당신은 나의 천사요!"

페뷔스는 그렇게 대답하면서, 플뢰르 드 리스에게 확신을 주기 위해 자신의 충심어린 목소리에 정열적인 시선을 함께 실었다. 페뷔스 자신도 아마 이 순간에는 자신의 말을 진실로 믿고 있는 것 같았다. 그의 손은 연정을 품고 있는 여자의 허리 뒤를 이미 더듬고 있었다.

그때 노트르담 성당의 시계가 천천히 정오를 알렸다. 군중들 사이에서 기쁨의 소리가 터져 나왔다. 운명적인 호송마차에는 한 아가씨가 팔이 뒤로 묶인 채 앉아 있었다. 그녀는 속옷 차림이었고, 검고 긴 머리칼은 반쯤 드러난 어깨와 목 위에 흐트러져 있었다. 까마귀 깃털보다 더 빛나는 이 물결치는 머리카락 사이로 굵고 거친 회색 밧줄이 꼬이고 얽혀 있었다. 밧줄은 그녀의 약한 쇄골 위로 살갗을 벗겨놓았고, 가엾은 소녀의 매혹적인 목 주위를 마치 꽃 위를 기어 다니는 벌레처럼 휘감았다. 밧줄 아래로 반짝이는 녹색 유리세공품으로 장식된 작은 부적은, 곧 죽을 사람에게 거절할 수 있는 일은 아무 것도 없기 때문에 그녀에게 남겨진 것이었다. 발아래에는 작은 염소가 단단하게 묶여 있었다. 유죄선고를 받은 여인은 흘러내리는 속옷을 이로 물고 있었다. 그녀는 거의 벗은 채로 여러 사람 앞에 내맡겨진 비참함에 더 괴로워하는 듯싶었다.

"어머나! 저것 좀 보세요! 천한 보헤미아 여자와 염소예요."

플뢰르 드 리스는 근위대장에게 힘차게 말했다. 그녀는 이렇게 말하며 페뷔스를 향해 돌아섰다. 그는 호송마차에 시선을 고정시켰다. 그의 얼굴이 일순 창백해졌다. 그가 더듬거리며 말했다.

"어떤 보헤미아 여자가 염소와 같이 있단 말이요?"

"뭐라고요? 당신이 기억을 못한단 말이에요?"

"나는 당신 말의 의미를 모르겠소."

페뷔스가 그녀의 말을 가로막으며 방으로 들어가기 위해 발걸음을 떼었다.

"잠깐만요. 끝까지 보기로 해요."

그녀가 명령조로 다시 말했다. 불행한 근위대장은 그대로 있을 수밖에 없었다. 호송마차는 파비스 광장으로 진입하여 성당의 가운데 문 앞에서 멈춰 섰다. 군중들은 조용해졌고, 엄숙함과 불안으로 가득 찬 침묵 속에 커다란 문이 양쪽으로 활짝 열리면서 경첩이 마치 피리를 부는 듯한 소리를 내며 삐걱거렸다. 이 장황한 광경 속에서 깊고 어두운 성당 내부가 눈에 들어왔다. 제단 위에서 까마득히 반짝이는 촛불만이 간신히 어둠을 밝히고 있었다. 마치 짐승의 아가리처럼 열려 있는 문 안에서 성가대의 합창소리가 들려왔다.

…Non timebo millia populi circumdantis me; exsurge, Domine; salvum me fac, Deus!(나를 둘러싼 수천 명의 사람들을 나는 조금도 두려워하지 않으리라. 주여, 일어나소서. 나를 구원하소서!)*

넋을 잃은 불행한 여인은 성당의 어두운 내부에 눈과 마음을 빼앗긴 것 같았다. 그녀의 창백한 입술은 기도하듯 달싹거렸는데, 사형집행인의 시종은 그녀가 호송마차에서 내려오도록 돕기 위해 다가섰을 때 그녀의 작은 목소리가 되풀이하고 있는 말을 들을 수 있었다.

"페뷔스."

시종이 포승줄을 풀어 그녀를 호송마차에서 내려가게 했다. 그녀와 함께 있던 염소는 자유롭게 되자 풀려났다는 기쁨에 '매에' 하고 울어댔다. 그녀는 딱딱한 포석 위에서 성당 현관의 계단 아래까지 맨발로 걸어갔다. 그녀의 목을 감고 있던 밧줄이 등 뒤로 끌렸다.

이때 합창소리가 중단되었다. 커다란 황금 십자가와 촛불의 행렬이 어둠속에서 움직이기 시작했다. 울긋불긋한 복장을 한 호위병들

---

* 시편 3장 7절.

의 미늘창이 서로 부딪치는 소리가 들렸고, 얼마 후 제의를 입은 사제와 짧은 소매의 제의를 입은 부제副祭의 긴 행렬이 엄숙하게 이어졌다. 그러다가 유죄선고를 받은 여인에게 무언가를 읊조리더니 그녀와 군중이 지켜보는 가운데 다시금 행렬이 움직이기 시작했다. 하지만 그녀의 시선은 십자가를 받드는 사람 바로 뒤에 선 어떤 자에게서 멈춰 섰다.

"오! 바로 그 신부잖아!"

그녀는 온몸을 떨면서 낮은 소리로 말했다. 그는 한낮에 고딕 건물의 높은 문 아래에 나타났는데 은색의 넓은 법의로 몸을 감싸고 있었다. 게다가 얼굴은 너무나 창백해서, 마치 대리석으로 만든 주교가 서 있는 것이 아닐까 하는 착각이 들 정도였다. 그는 죽음의 문을 향해 가게 될 사람을 맞으러 갔다.

"여인은 신에게 자신이 저지른 잘못과 과실에 대해 용서를 빌었는가?"

부주교는 천천히 다가와 큰 목소리로 말했다. 그녀는 아무런 대답 없이 그를 증오에 찬 눈길로 뚫어지게 쳐다보았다. 자신의 벗은 몸을 바라보는 신부의 눈길 속에서 질투와 정욕이 기묘하게 뒤섞여 번쩍이는 것을 느꼈기 때문이었다. 그는 손을 들고는 음울한 목소리로 이집트 여자에게 외쳤다.

I nunc, anima anceps, et sit tibi Deus misericors!(이제 가거라, 불안한 영혼이여. 그대에게 신의 용서가 있기를!)

그 말은 이 암담한 의식을 끝맺는 일종의 형식이었다. 또한 성직자가 사형집행인에게 내리는 약속된 신호이기도 했다. 불행한 여인은 운명적인 호송마차에 다시 올라 마지막 길을 향해 나아가는 순간, 생에 대한 어떤 격심한 회한에 사로잡혔을 것이다. 그녀는 하늘과 태양, 온갖 모양의 은빛 구름을 향해 붉게 물든 메마른 시선을 보냈다. 그런 다음 주변으로 시선을 돌려 땅과 군중과 집들을 응시했다. 그러다가 노란 옷을 입은 사람이 그녀의 팔꿈치를 묶는 순간 그녀는 갑자기 끔찍한 소리를, 기쁨에 넘치는 고함을 질렀다. 저 너머 발코니에 있는 그를 알아본 것이었다. 그 사람, 그녀의 친구이자 사랑하는 님인 페뷔스를 발견한 것이었다. 판사의 말은 거짓이었다. 성직자도 마찬가지였다. 분명히 그 사람이다. 그녀는 의심할 수 없었다. 그가 저기에 있다. 여전히 잘생겼고 분명히 살아 있다. 빛나는 제복을 입고 머리에는 깃을 달고 허리에는 칼을 차고 있다.

"페뷔스, 나의 페뷔스!"

그녀가 격정에 사로잡혀 외쳤다. 사랑과 황홀감으로 떨리는 두 팔을 뻗고 싶었다. 하지만 손이 묶여 있어서 꼼짝달싹할 수가 없었다. 그녀는 근위대장이 발코니에 나란히 기대어 있는 아름다운 아가씨에게로 돌아서는 모습을 보았다. 그가 무슨 말인가를 하는 듯했다. 잠시 후 두 사람은 발코니 창 뒤편으로 황급히 자취를 감추었고, 창은 이내 다시 닫혀버렸다.

"페뷔스, 그런 건가요?"

그녀는 반쯤 얼이 빠져 외쳤다. 그러다가 어떤 끔찍한 생각이 막 머릿속에 떠올랐다. 자신이 페뷔스 드 샤토페르를 살해한 혐의로 유죄선고를 받았다는 사실이 떠오른 것이었다. 그녀는 지금까지 잘 참아왔다. 하지만 마지막 순간은 너무 가혹했다. 그녀는 미동도 없이 포석 위에 쓰러졌다.

"자, 여자를 호송마차에 싣고 일을 끝내버립시다."

샤르몰뤼가 말했다. 아직 아무도 주목하지 않았지만, 성당 정문 뾰족 아치 바로 위에 왕들의 입상이 늘어선 회랑에서 어느 낯선 구경꾼 하나가 아주 태연하게 목을 쭉 빼고서 지금까지의 모든 광경을 자세히 지켜보고 있었다. 그의 얼굴은 너무 흉해서, 절반은 붉은 색이고 절반은 보라색인 그의 이상한 옷차림이 아니었다면 그를 돌로 된 괴물들 중 하나로 생각할 수도 있었을 것이다. 6백 년 동안 성당의 기다란 낙수 홈통에서 흘러내리는 빗물을 주둥이로 받고 있는 그 괴물들 말이다.

이 구경꾼은 정오 때부터 노트르담 성당의 정문 앞에서 일어난 일을 어느 것 하나 놓치지 않고 보고 있었다. 그리고 처음부터, 그러니까 아무도 그의 거동을 살펴볼 생각조차 못했을 때부터 회랑의 기둥들 중 하나에 매듭을 지은 굵은 밧줄을 단단히 매어놓고 있었는데, 그 끝은 현관 앞 층계까지 이어졌다. 그 일을 끝내놓고는 티티새가 자기 앞을 지나갈 적마다 휘파람까지 불고 있었다. 이윽고 사형집행인의 시종들이 샤르몰뤼의 냉정한 지시를 집행하려는 순간, 그는 회랑의 난간을 뛰어넘어 발과 무릎과 두 손으로 밧줄을 붙잡고는 유리창을 타고 흘러내리는 빗방울처럼 건물 외벽을 미끄러져 내리면서 두 명의 사형집행인을 향해 마치 지붕 위로 뛰어내리는 고양이처럼 날쌔게 내달렸다. 그러고는 무지막지한 두 주먹으로 그들을 쓰러뜨린 다음, 이집트 여자를 한 손으로 가로채 단숨에 성당으로 뛰어올랐다. 그는 아가씨를 머리 위로 번쩍 들어올리고서 엄청나게 큰 소리로 외쳤다.

"성역이다!"

"성역이다!"

군중도 따라서 소리 질렀다. 엄청난 박수소리에 콰지모도의 외눈은 기쁨과 긍지로 번뜩였다. 그녀는 눈꺼풀을 열어 콰지모도를 바라보았다. 하지만 그녀는 자신을 구해준 사람을 보고서 이내 눈을 감아버렸다. 샤르몰뤼는 아연실색했다. 사형집행인들과 호송에 동원된 사람들도 마찬가지였다. 사실 노트르담 성당의 울타리 안에서는 죄인도 불가침의 대상이었다. 성당은 피난처였다. 인간의 사법권은 성당의 입구까지만 미칠 수 있었다.

콰지모도는 커다란 현관문 아래 멈춰 섰다. 그는 굳은살이 박인 손으로 바동거리는 아가씨를 들쳐 메고 있었다. 하지만 그는 그녀가 꺾이거나 시들지도 모른다는 염려 때문에 매우 조심스러워하고 있었다. 그녀를 내려다보고 있는 꼽추의 눈은 부드러움과 고통과 동정으로 그녀를 적시고 있었다. 하지만 그 눈은 이내 생기를 되찾았다.

여자들은 웃거나 눈물을 흘렸고 군중은 환호하며 발을 굴렸다. 그 순간 콰지모도가 진정 아름다워 보였기 때문이었다. 그는 오늘 숭고했다. 고아이고 버려진 아이이며 쓰레기에 불과한 그가 말이다.

그는 스스로 당당함과 강인함을 느꼈다. 자신을 쫓아냈지만 지금은 자신의 강력한 개입으로 저지당한 사람들을 맞은편으로 바라보면서, 그는 물어뜯을 먹이를 빼앗긴 호랑이들을, 경찰관과 판사와 사형집행인들을, 자신이 신의 힘으로 꺾어놓고 약화시킨 왕의 모든 힘을 똑바로 보고 있었다.

승리에 도취된 시간이 지나자, 콰지모도는 자신이 짊어져야 할 짐과 함께 성당 안으로 사라져버렸다. 용기를 사랑하는 민중은 어두운 성당 안으로 사라지는 그를 눈길로 쫓으면서 그가 환호로부터 그토록 빨리 숨어버린 것을 아쉬워했다. 갑자기 그가 프랑스 왕들의 조상들이 늘어서 있는 회랑 가장 높은 곳에 나타났다. 얼마 후 그는 다시 가장 높은 옥상에 나타났는데, 여전히 이집트 여자를 팔로 안고 있었고 미친 듯이 뛰어다니며 계속 소리를 질러댔다.

"성역이다! 성역이다!"

군중은 박수를 보냈다. 마침내 그가 큰 종이 달린 탑 꼭대기에 세 번째로 나타났다. 그곳에서 그는 온 도시를 향해 자신이 구해낸 여자를 자랑스럽게 보여주는 것 같았고, 천둥치는 듯한 목소리로, 사람들이 거의 들어본 일 없고 그 자신 또한 단 한 번도 들어본 적 없는 열광적인 목소리로, 구름 속까지 들리도록 열광적으로 세 번을 되풀이해 외쳤다.

"성역이다! 성역이다! 성역이다!"

"만세! 만세!"

군중도 화답하듯 외쳤다.

20. 인간의 법이 미치지 못하는 곳

"저 때문에 무서워하시는군요. 저는 정말 추하지요? 저를 보지 마시고 제 말을 듣기만 하세요."

중세의 모든 도시들은 저마다의 피신처를 지니고 있는 법이다. 왕의 궁전, 제후들의 저택, 특히 교회는 불가침의 권리를 지니고 있었다. 이따금씩 인구증가의 필요성이 있었던 어떤 도시는 도시 전체를 임시 피신처로 만드는 수도 있었다. 14세기 중반 유럽에서 페스트가 창궐하여 전 인구의 3분의 1 내지 절반 가량이 사망했으며, 특히 프랑스에서는 이후에도 계속되는 약탈과 봉기 등으로 1430년경에는 전 국토의 절반 가량이 폐허로 변했다.

루이 11세는 1467년 파리를 은신처로 만들었다.

일단 성역에 발을 들여놓으면 범죄자도 손을 대지 못했다. 하지만 밖으로 나가지 않도록 주의할 필요가 있었다. 성역 바깥으로 한 발자국이라도 나갔다 하면 곧장 다시 나락으로 떨어졌다. 차형車形*과 교수대, 낙상시키는 사형기구 등이 피신처 주변에서 훌륭한 감시자 역할을 하면서, 배 주위를 맴돌고 있는 상어 떼처럼 끊임없이 먹잇감을 노리고 있었다. 그래서 수도원이나 궁전 계단, 수도원 경작지, 성당 현관 등에서 백발이 되어가는 죄인들을 종종 볼 수 있었다. 이렇게 성역은 또 다른 감옥이 되었다. 도피처를 침범하여 죄인을 다시 사형집행인에게 보내는 법원의 공식적인 체포가 드물게 이루어지기도 했다. 하지만 그 같은 일은 흔치 않았다.

성당은 보통 탄원자들을 맞아들이기 위한 작은 방을 갖추고 있었다. 노트르담에는 회랑 맞은편 벽 날개로 쓰이는 지주 아래 측랑側廊 꼭대기에 독방이 있었다. 콰지모도가 승리에 넘치는 미친 듯한 질주 끝에 에스메랄다를 내려놓은 곳은 바로 그런 방이었다. 그가 그렇게 달음박질치는 동안 아가씨는 제정신을 차릴 수 없었다. 그녀는 반쯤 꿈을 꾸면서 반쯤 깨어 있는 듯했고, 허공에 떠서 날고 있는 듯하기도 했으며, 무언가가 그녀를 지상에서 하늘로 끌고 가는 듯도 했다. 하지만 헝클어진 머리털의 종지기가 숨을 헐떡이며 그녀를 은신처에 내려놓고 그녀의 팔에 상처를 입힌 굵은 밧줄을 커다란 손으로 가만히 풀어내자, 서서히 의식이 돌아오면서 하나둘 생각이 이어졌다. 그녀는 자신이 노트르담 안에 있음을 알았다. 자신이 사형집행인의 손에서 빠져나왔음을 기억했다. 또한 페뷔스가 살아 있으며 그가 더 이상 자신을 사랑하지 않음을 알았다. 그런 생

---

* 몸을 잡아 늘려 고통을 주는 형벌로, 프랑스 툴루즈 지방에서 오래 전부터 써오던 고문 방법이었다.

각에, 유죄선고를 받은 가여운 여자는 쓰디쓴 슬픔을 느끼며 희망과 절망을 차례로 오갔다. 그녀는 자기 앞에 서 있는 콰지모도의 모습에 두려움을 느끼면서 그에게 물었다.

"왜 나를 구해주었어요?"

그는 그녀를 근심어린 눈으로 바라보면서 그녀가 하는 말을 알아들으려고 애쓰는 눈치였다. 그녀가 재차 물었다. 그러자 그는 그녀에게 깊은 슬픔이 담긴 눈길을 던지고는 달아나버렸다. 그녀는 놀라서 그대로 서 있었다. 얼마 후 그가 다시 나타나 보따리 하나를 그녀의 발치에 던져놓았다. 그것은 자비심 많은 여자들이 그녀를 위해 성당 입구에 가져다놓은 옷가지였다. 그제야 그녀는 자신의 옷매무새를 내려다보았다. 그녀는 자신이 거의 벗고 있다는 것을 알고 얼굴이 붉어졌다. 콰지모도는 다시 물러갔는데, 이번에는 조금씩 천천히 뒷걸음질쳤다. 그녀는 서둘러 옷을 입었다. 흰색 베일이 달린 시립병원 수녀들의 복장이었다.

그녀는 콰지모도가 돌아오는 것을 보면서 막 옷을 다 입었다. 그는 한 손에는 바구니를, 다른 한 손에는 침구를 들고 있었다. 바구니 안에는 포도주 한 병과 빵을 비롯한 음식들이 들어 있었다. 그는 바구니를 바닥에 내려놓으며 말했다.

"드세요."

그는 바닥에 침구를 내려놓으며 다시 말했다.

"주무세요."

그것은 종지기 자신의 식사와 침구였다. 이집트 여자는 그에게 눈을 들어 고맙다는 말을 하려고 했지만 입이 떨어지지 않았다. 그 가엾은 악마는 정말이지 끔찍했다. 그녀는 고개를 떨어뜨리고 두려움에 떨었다. 그러자 그가 말을 걸었다.

"저 때문에 무서워하시는군요. 저는 정말 추하지요? 저를 보지 마시고 제 말을 듣기만 하세요. 낮에는 여기에 계셔야 해요. 밤에는 성당 어디든 돌아다니셔도 좋아요. 하지만 낮이고 밤이고 성당 밖으로 나가면 안 돼요. 그러면 끝장이에요. 아가씨를 죽일 거예요. 저도 죽고요."

여자는 감동하여 그에게 말을 하려 했다. 하지만 그는 사라지고 없었다. 그녀는 다시 혼자 남아 거의 괴물에 가까운 사람의 이상한 말을 곰곰이 생각해보았다. 그녀는 그의 목소리에 적잖이 놀랐는데, 무척 쉬어 있으면서도 대단히 부드러웠다.

얼마쯤 시간이 흐른 뒤, 그녀는 방안을 꼼꼼히 살펴보기 시작했다. 6평방피트쯤 되는 작은 방이었고, 납작한 돌로 된 지붕에서 완만하게 기울어진 경사면에 창과 문이 나 있었다. 그녀는 창으로 수많은 굴뚝들을 보았다. 파리의 모든 연기들이 굴뚝을 통해 그녀의 눈 아래서 피어오르고 있었다. 버려진 아이이자 사형선고를 받은 죄수이며 불행한 피조물인, 조국도 가족도 집도 없는 가엾은 이집트 여자에게는 서글픈 광경이었다. 자신이 고립무원이라는 생각으로 이처럼 가슴이 아리는 순간은 처음이었다. 그때 털북숭이에 수염이 난 머리 하나가 그녀의 손과 무릎을 스치는 것이 느껴졌다. 그녀는 소스라치게 놀라 쳐다보았다. 가엾은 염소, 날쌘 잘리였다. 잘리는 그녀를 뒤따라 도망친 것이었다. 이집트 여자는 염소에게 입맞춤을 퍼부으며 말했다.

"오, 잘리! 내가 너를 잊고 있었어! 너는 항상 나를 생각하고 있었는데. 오, 너는 매정한 짐승이 아니었어!"

동시에 어떤 보이지 않는 손이 그토록 오랫동안 그녀의 가슴에서 눈물을 억누르고 있던 무거운 돌을 걷어 치워버리기라도 한 듯, 그녀는 눈물을 쏟기 시작했다. 눈물이 흐를수록 너무나 쓰라리고 가슴 아팠던 어떤 것이 눈물과 함께 씻겨나가는 것 같았다.

21. 종탑 위의 콰지모도와 에스메랄다

사람들은 그가 병이 난 줄 알았다. 과연 그는 병이 나 있었다.

다음날 아침, 그녀는 잠에서 깨어나면서 자신이 잠을 잤음을 깨달았다. 그녀는 무언가 이상한 기분에 잠에서 깨어났다. 그토록 오랫동안 그녀는 잠을 자는 일이 익숙지 않았던 것이다. 떠오르는 햇살이 작은 창으로 들어와 그녀의 얼굴에 퍼졌다. 그녀는 햇빛과 함께 다락 창으로 무언가가 나타나는 것을 보고 소스라치게 놀랐다. 그것은 불행이 빚어낸 콰지모도의 모습이었다. 그녀는 무심코 눈을 감았지만 소용없었다. 눈꺼풀 사이로 애꾸눈에 앞니가 빠진 꼽추를 여전히 보고 있다는 생각이 들었다. 그래서 계속 눈을 감은 채로 부드러운 쉰 목소리를 듣고 있었다.

"겁내지 말아요. 저는 당신의 친구예요. 저는 당신이 자고 있는지 보러 왔어요. 그래서 당신이 곤란했던 건가요? 당신이 눈을 감고 있는 동안은 제가 여기 있어도 괜찮은 거지요? 이제 저는 가볼게요.

자요. 저는 벽 뒤에 있어요. 눈을 다시 뜨셔도 괜찮아요."

그의 말투에는 그 내용보다 더 애틋하고 하소연하는 듯한 무언가가 담겨 있었다. 감동받은 이집트 여자는 눈을 떴다. 그는 더 이상 다락 창에 있지 않았다. 그녀는 창으로 다가가 고통스럽고 체념한 듯한 모습으로 벽 모퉁이에 바싹 붙어 있는 가엾은 꼽추를 보았다. 그녀는 그에게서 비롯된 혐오감을 드러내지 않으려고 애썼다.

"오세요!"

그녀가 부드럽게 말했다. 콰지모도는 이집트 여자가 입술을 움직이는 것을 보고서 그녀가 자신을 내쫓는 것이라고 이해했다. 그래서 다리를 절뚝거리며 천천히 뒤로 물러섰다. 감히 머리를 들어 아가씨에게 절망으로 가득 찬 눈길을 드러내지도 못했다.

"이리 오라니까요!"

그녀가 소리쳤다. 하지만 그는 계속 멀어져갔다. 그러자 그녀는 문 밖으로 뛰어나가 그의 팔을 붙들었다. 그녀의 손길을 느끼자 콰지모도는 사지를 벌벌 떨었다. 그는 애원하는 듯한 애꾸눈을 다시 들어 그녀가 자신을 가까이 끌어당기는 것을 보았다. 그의 얼굴은 기쁨과 온화함으로 빛났다. 그녀는 그를 자신의 방으로 들어오게 하려 했지만, 그는 입구에서 들어가지 않으려고 고집스럽게 맞섰다.

"아니에요, 아니에요. 올빼미가 종달새 둥지에 들어가서는 안 돼요."

그는 있을 수 없는 일이라는 듯 힘주어 말했다.

그녀는 할 수 없다는 듯 자신의 발치에서 잠든 염소와 함께 침대 위에 맵시 있게 앉았다. 두 사람 모두 한동안 말이 없었다. 그는 그녀가 보여준 호의에 대해 생각하고 있었고, 그녀는 그의 흉한 모습이 마음속에서 떠나지 않았다. 침묵을 깬 것은 콰지모도였다.

"그럼 저보고 오라는 뜻이었어요?"

"그래요."

그녀는 고개를 끄덕이며 말했다. 그는 그녀의 동작을 이해했다.

"아아! 그건… 제가 귀머거리이기 때문이에요."

그가 망설임 끝에 말했다.

"가엾은 사람!"

보헤미아 여자는 동정심이 넘치는 목소리로 말했다.

"그래요, 저는 귀머거리예요. 하지만 당신은 몸짓과 손짓으로 말하면 돼요. 제 주인도 저와 그렇게 말해요. 그럼 저는 당신의 입술과 눈빛으로 무슨 뜻인지 금방 알아들을 거예요."

"좋아요! 그럼 왜 나를 구해주었는지 말해줄래요?"

그녀가 미소를 머금고 다시 말했다. 그는 그녀가 말하는 동안 주의 깊게 그녀를 응시했다.

"알아들었어요. 왜 제가 당신을 구했는지 물으셨지요? 당신은 밤중에 당신을 들쳐 메고 가려던 나쁜 사람을 잊고 있어요. 바로 그 사람이 다음날 수치스러운 죄인 공시대에서 당신에게 도움을 청했어요. 물 한 모금의 동정을 말이에요. 그건 제 평생 갚을 수 없는 은혜였어요. 당신은 그 나쁜 사람을 잊었지만 그 사람은 그 일을 기억하고 있어요."

그녀는 깊은 연민을 품고 그의 말을 들었다. 눈물 한 방울이 종지기의 눈에 맺혔지만 떨어져 내리지는 않았다. 그것은 아마도 남자답지 못한 일이라고 생각하는 듯싶었다. 그는 눈물이 흘러내릴지도 모른다는 두려움이 사라지자 다시 말했다.

"보세요. 이곳은 아주 높은 탑이에요. 여기서 떨어지는 사람은 바닥에 닿기도 전에 죽을 거예요. 제가 너무 싫어서 떨어져 죽기를 바라신다면 아무 말씀도 하실 필요 없어요. 눈짓 한 번으로 충분하니까요."

클로드 프롤로 신부는 에스메랄다가 자신의 양아들 덕택에 버젓이 살아서 성당 안에 숨어 있는 것을 알게 되자 독방에 틀어박혀버렸다. 그는 몇 주일 동안 미사와 성직자 회의에도 나타나지 않았다. 그는 자신이 그토록 열망했던 집시 처녀가 교수대로 끌려가는 순간 자신이 겪을 수 있는 가장 큰 고통의 밑바닥까지 닿아 있었다. 하지만 그 고통의 밑바닥은 도리어 그에게 모든 것이 끝날 때의 평온함을 가져다주었다. 그런데 집시 처녀가 살아 있다는 것은 그 고통이 다시 시작된다는 것을 의미했다. 사람들은 그가 병이 난 줄 알았다. 과연 그는 병이 나 있었다. 밤마다 그의 광적인 상상력은 처녀의 온갖 자태들을 떠올렸다. 단도에 찔린 페뷔스의 피를 흠뻑 묻힌 그녀의 봉긋한 젖가슴이나 고문도구에 묶여 있던 그녀의 새하얀 다리 같은 관능적인 영상들이 그의 등뼈에 전율을 일으켰다. 신부는 자신처럼 성당의 난간에서 그 처녀를 지켜보던 콰지모도의 이상한 눈빛을 떠올렸다. 그의 뛰어난 기억력이 그를 번민과 질투 속으로 한껏 몰아넣었다. 이제 자신의 꼽추 양아들이 세상에서 가장 아름다운 처녀를 지켜주고 보살펴주고 있다니! 꿈에도 생각해보지 못했던 질투심이 그를 수치와 부끄러움의 나락으로 떨어뜨렸다.

22. 그랭그와르의 계획

그는 클로드 경이 많이 변했다고 생각했다. 얼굴은 겨울 아침처럼 창백했고 눈은 동굴처럼 어두웠으며 머리칼은 거의 백발이었다.

피에르 그랭그와르는 일이 돌아가는 정황을 알고 있었고, 결정적으로 굵은 밧줄과 교수대, 그리고 극장의 배우들이 겪은 불유쾌한 일들을 보아왔기 때문에, 복잡한 일에 휘말려들 생각은 없었다. 파리의 부랑자들 틈에 머물러 있는 것이 최선이라고 생각했다. 그들은 이집트 여자를 계속 걱정했다. 그는 그들의 이야기를 듣고서 운 없이 자신과 결혼한 여자가 노트르담에 피난해 있다는 것을 알게 되자 안도했다. 하지만 그곳까지 가볼 생각은 없었다. 그는 자신을 따르게 된 귀여운 염소를 이따금 생각했고, 그것이 전부였다.

어느 날 그는 생 제르맹 오세르와 근처를 지나다가 누군가가 자신의 어깨에 손을 올려놓는 것을 느끼고는 멈춰 섰다. 돌아다보니, 그의 옛 친구이자 옛 선생인 부주교였다! 부주교는 잠시 아무 말이 없었고, 그래서 그랭그와르는 그를 쳐다볼 여유가 있었다. 그는 클로드 경이 많이 변했다고 생각했다. 얼굴은 겨울 아침처럼 창백했고 눈은 동굴처럼 어두웠으며 머리칼은 거의 백발이었다. 마침내 성직자는 침묵을 깨며 조용하지만 차가운 어조로 말했다.

"피에르 군, 건강은 어떤가?"

"저 말씀입니까? 예… 그럭저럭 지내고 있습니다만, 괜찮은 편입니다."

"그럼 별 걱정 없이 지낸다는 건가, 피에르 군?"

부주교는 그랭그와르를 뚫어지게 쳐다보면서 다시 물었다.

"사실, 그렇습니다."

성직자는 미소를 짓기 시작했는데, 그 쓰디쓴 미소는 입술 한쪽 끝으로 간신히 새어나올 따름이었다.

"그럼 행복하다는 건가?"

"정말이라니까요."

"그럼 아무 것도 바랄 것이 없단 말인가?"

"없어요."

"그럼 아쉬운 것도 없단 말인가?"

"아쉬움도 바람도 없어요. 저는 만족하며 살고 있어요."

"생활은 어떻게 하고 있나?"

"서사시, 비극, 이것저것 다 쓰고 있지만, 주 수입원은 의자 더미를 입으로 물어서 드는 재주입니다."

"철학자에게는 변변찮은 일일세."

"그럭저럭 살고 있습니다."

잠시 침묵이 흐른 뒤 성직자가 다시 말했다.

"피에르 그랭그와르, 그 귀엽고 위험스러운 이집트 여자를 어떻게 했나? 그녀는 자네 아내가 아닌가?"

"예, 항아리를 깨뜨려 아내가 되었지요. 4년 동안 부부로 지내기로 했어요."

"저런! 그녀는 어떻게 되었나? 대체 어떻게 한 건가?"

"저로서는 드릴 말씀이 없습니다. 그녀는 교수대에서 죽었을 테니까요."

"그렇게 생각하나?"

"잘은 모르겠습니다. 저는 그들이 그녀의 목에 밧줄을 거는 순간 그대로 손을 떼었으니까요."

"그게 자네가 알고 있는 전부인가?"

"아니, 잠깐만요. 그녀는 노트르담 성당으로 피해서 잘 있다고 하던데요. 저도 기쁩니다. 하지만 염소도 그녀와 함께 잘 있는지는 알 수 없었어요. 여기까지가 제가 알고 있는 전부입니다."

"내가 자네에게 더 알려주겠네. 그녀는 실제로 노트르담 성당에 피신해 있네. 하지만 사흘 후에는 법원이 그녀를 다시 끌어내 그레브 광장에서 목을 매달 걸세. 최고법원의 결정이네." 하고 프롤로 부주교가 큰 소리로 외쳤다. 그의 목소리는 조금 전까지만 해도 낮고 느리며 거의 들리지 않았는데 갑자기 귀가 멍할 정도로 커졌다.

하지만 성직자는 순식간에 다시 냉정하고 조용해졌다. 그랭그와르는 마음속에 이는 동요를 숨기고 태연함을 유지할 수 있을 정도로 충분히 기지가 있었다. 그는 그 일에 더 휩쓸리지 않은 것을 다행으로 생각했다. 하지만 그는 성직자의 옷을 입고 있는 사탄인 부주교의 시선에서 오싹함과 역겨움을 동시에 느꼈다. 그는 여느 때보다도 더 심사숙고한 끝에 무심한 태도로 물었다.

"그 귀여운 염소가 그녀와 함께 있나요?"

"그렇다네! 정말 답답하군. 그것이 자네와 무슨 상관이 있나?"

그랭그와르는 잠시 동안 염소만 생각하는 것 같았다. 부주교도 잠시 침묵을 지켰다. 그러다가 다시 말을 이었다.

"그래, 자네는 거지들의 소굴에서 자네를 살려준 집시 여자를 구해줄 생각은 없는가?"

"그랬으면 오죽이나 좋겠습니까! 하지만 저는 이런 일에 얽혀들 처지가 못 됩니다."

그랭그와르가 대답했다. 하지만 그때 좋은 생각이 떠올랐다. 사제의 끔찍한 시선에서 벗어나기만 했다면 기쁨에 넘쳐 춤을 추었을 정도로 그 생각은 그를 흥분시켰다. 안절부절못하던 부주교가 떠나자, 그는 그 자가 어떤 이유로 에스메랄다가 어디로 피했는지 알려주면서 지금부터 사흘 후에 법원이 법을 재집행한다는 것을 예고했는지 곰곰이 생각해보았다. 하지만 프롤로 부주교 외에 그 누가 최고법원으로부터 체포 결정을 얻어낼 수 있었겠는가? 그는 왜 느닷없이 그녀를 구하고 싶어하는 것일까? 그가 무슨 행동을 하든, 그랭그와르 자신도 빚을 진 사랑스러운 아가씨를 구할 것을 암시했으니 상황을 잘 이용해야 했다. 부랑자들의 왕국이 가까워옴에 따라, 그는 옛 선생과의 대화 중에 떠오른 계획을 구체화시키기 시작했다.

23. 출정 전야

투구를 쓴 사람도 있었고, 가늘고 긴 검으로 무장한 사람도 있었다. 어린아이들도 마찬가지로 무장했으며, 앉은뱅이들까지 갑옷을 입고서 큰 벌레들처럼 주정뱅이들의 가랑이 사이를 돌아다녔다.

독자들은 아마도 기적궁 한쪽 부분이 도시의 오래된 성곽 벽으로 둘러싸여 있음을 잊지 않았을 것이다. 그곳의 탑들은 상당수가 이미 그 당시부터 폐허가 되어 허물어지기 시작했다. 그 탑들 가운데 한 곳은 부랑자들이 먹고 마시고 즐기는 장소로 변했다. 탑의 지하실에는 일종의 선술집이 있었다. 그 탑은 가장 활기 넘치는 곳이자 부랑자들의 생활을 가장 생생하게 엿볼 수 있는 곳이었다. 밤낮으로 사람들이 웅성거리는 그곳은 꼭 벌집 같았다.

어느 날 저녁, 파리의 모든 종탑에서 야간 소등을 알리는 종이 울렸을 때였다. 만일 그때 야경대원들이 무시무시한 기적궁에 들어올 수 있었다면, 그들은 선술집에서 평상시보다 더 소란스럽게 마셔

대고 욕설을 퍼부어대는 부랑자들을 볼 수 있었을 것이다. 광장에 모인 수많은 패거리들은 대단한 음모를 꾸미고 있는 양 낮은 소리로 이야기를 주고받았다. 하지만 그날 밤 그 시끌벅적한 선술집에 모여든 부랑자들은 너무나 떠들썩하게 술과 여흥을 즐기고 있었기 때문에, 그 술꾼들의 이야기에서 무언가를 짐작해내기란 쉽지 않았다.

혼란스럽기는 했지만, 세 주요 패거리들이 세 사람 주변에 모여 있음을 첫눈에도 확연히 알아볼 수 있었다. 그들 가운데 한 사람은 동양풍의 누더기 옷을 걸친 괴상한 차림새였는데, 그가 바로 이집트와 보헤미아의 군주인 마티아 앙가디 스피칼리였다. 또 다른 무리들은 머리끝까지 무장한 용감무쌍한 튄느의 왕* 주변에 모여들어 있었다. 대단히 진지한 태도와 낮은 목소리를 지닌 클로팽 트루이프는 무기들로 가득 찬 큰 통이 부서지자 그것들을 약탈해냈다. 저마다 닥치는 대로 무기를 집어 들었다. 투구를 쓴 사람도 있었고, 가늘고 긴 검으로 무장한 사람도 있었다. 어린아이들도 마찬가지로 무장했으며, 앉은뱅이들까지 갑옷을 입고서 큰 벌레들처럼 주정뱅이들의 가랑이 사이를 돌아다녔다.

끝으로 가장 수가 많고 소란스러운 세 번째 패거리가 의자와 탁자를 차지하고 있었다. 그 가운데 어떤 날카로운 목소리가 욕설이 섞인 장광설을 늘어놓았다. 목소리의 주인공은 머리부터 발끝까지

---

* 튄느의 고관은 그의 부하들이 지중해에서 해적으로 악명을 떨쳤기 때문에 거지들의 왕이라고도 불렸다. 튄느의 왕은 곧 거지들의 왕을 의미한다.

육중한 갑옷을 뒤덮고 있었다. 보이는 것이라고는 염치없게 생긴 붉은 코와 금발 머릿결, 장밋빛 입술, 그리고 자신감에 넘치는 눈뿐이었다. 그는 입술 가득 웃음을 머금은 채 욕설을 퍼부어대며 술을 마셨다. 그 야단법석 중에 선술집 맨 안쪽, 벽난로 앞쪽 의자에 한 시인이 앉아 있었다. 그는 사색에 잠겨 있었고 다리에는 재가 묻어 있었다. 시선은 꺼져가는 불을 향하고 있었다. 바로 그랭그와르였다.

"자, 서두르자! 완전무장하라! 한 시간 내로 떠난다."

클로팽 트루이프가 거지들에게 말했다. 한 소녀가 콧노래를 불렀다. 노름꾼 둘은 서로 다투었다. 완전무장한 젊은 괴짜의 목소리가 웅성거림 속에서 유달리 크게 들려왔다.

"만세! 만세! 오늘이 내 첫 출정이다. 부랑자들아, 나도 부랑자다. 술을 부어라. 친구들, 내 이름은 장 프롤로이고 나는 군자이다. 형제여, 우리는 곧 멋진 원정을 나간다. 우리는 용감무쌍하다. 성당을 포위하여 문을 부숴버리고 아름다운 아가씨를 구해내자. 재판관들에게서 그녀를 구하고 수도원을 파괴하자. 우리는 모든 일을 눈 깜짝할 사이에 해치울 것이다. 우리의 명분은 정당하다. 우리는 노트르담을 쓸어버릴 것이고 곧 모든 일을 끝낼 것이다. 우리는 콰지모도를 끌어낼 것이다. 아가씨들이여, 콰지모도를 아는가? 성신강림대축일에 종탑에서 숨을 헐떡이던 그를 보았는가? 마치 쩍 벌린 종 아가리에 사탄이 매달려 있는 것 같지 않던가?"

클로팽 트루이프는 무기 지급을 끝냈다. 그는 깊은 몽상에 잠겨 있는 듯한 그랭그와르에게 다가왔다. 그랭그와르는 장작 받침쇠에 발을 걸쳐둔 채 여전히 장작불을 응시하고 있었다.

"어이, 시인 친구. 누굴 생각하나?"

튄느의 왕이 물었다.

"글쎄요. 그저 불을 보고 있습니다. 아궁이 깊숙한 곳, 총총히 빛나는 별들 속에서 나는 무수히 많은 것들을 봅니다."

클로팽은 선술집에서 나왔다가 다시 돌아와서는 천둥치는 듯한 목소리로 외쳤다.

"자정이다!"

그 말에 모든 부랑자들은 남자와 여자, 아이들 할 것 없이 모두 한데 달려들어 무기나 쇠스랑 같은 것들이 서로 부딪치는 요란한 소리를 내며 술집을 뛰쳐나왔다. 달빛은 구름에 가려 있었다. 기적궁은 완전히 어두워져 있었다. 한 줄기 빛도 보이지 않았다. 클로팽은 큰 바위 위에 올라섰다.

"모두 집결하라!"

어둠속에서 말없는 움직임이 큰 무리를 이루며 흩어졌다 다시 모였다. 엄청나게 많은 사람들이 종대를 이루며 집결했다.

"이제부터 입을 다물고 파리 시내를 가로질러 갈 것이다. 암구호는 '산책하는 작은 불꽃'이다. 노트르담에 도착하기 전에는 횃불을 켜지 않는다. 출발!"

24. 노트르담을 뒤흔드는 무리들

"그럼, 이 문을 부술 방법이 없단 말인가! 그럼, 비굴한 놈 마냥 어이없이 돌아가라고! 내일 얼굴을 감춘 늑대들이 우리의 여동생을 목매달도록 내버려두라고!"

같은 날 밤 콰지모도는 잠들지 않고 있었다. 성당에서 막 마지막 순찰을 돌고 난 참이었다. 그는 문에 빗장을 지르면서 그날따라 유독 정성을 다해 자물쇠를 단단히 채웠다. 문을 닫는 동안 부주교가 옆으로 지나가며 언짢은 표정을 짓는 것도 알아채지 못했다. 클로드 프롤로 신부는 평상시보다 더 넋이 나간 듯싶었다. 그는 콰지모도를 줄곧 가혹하게 다루었다. 그를 거칠게 다루면서 이따금씩 때리기까지 했다. 하지만 성실한 종지기의 복종심과 인내심에는 조금도 변함이 없었다.

콰지모도는 내버려진 종들을 한번 살펴보고는, 북쪽 탑 꼭대기로 올라가 희미한 램프를 걸어두고서 파리를 내려다보기 시작했다. 밤은 무척이나 어두웠다. 불을 밝히지 않은 파리는 거대한 암흑덩어리처럼 보였다. 그 사이로 센 강이 흰빛의 꼬리를 그리며 흘러갔다. 저 멀리 있는 건물들의 창에서 새어나오는 불빛만이 간신히 눈에 띄곤 했다. 포르트 생 앙투완 쪽이었다. 그곳에서도 누군가가 잠을 이루지 못하고 있는 모양이었다.

종지기는 안개와 어둠의 지평선을 유영하듯 바라보면서 어떤 설명할 수 없는 불안감을 느꼈다. 여러 날 전부터 그는 주위를 경계하고 있었다. 험상궂은 사람들이 끊임없이 성당 주변을 배회하고 있는 것을 본 탓이었다. 그들은 아가씨가 피신해 있는 곳에서 시선을 떼지 않았다. 그는 이 불행한 도피자에 대한 어떤 음모가 진행되고 있음을 알아차렸다. 사람들은 그녀에 대해 뿌리 깊은 증오를 느끼고 있는 것이 분명했다. 마치 콰지모도 자신에 대해 그러하듯이 말이다. 그는 어떤 격렬한 상황이 자신에게 다가오고 있음을 느꼈다. 그래서 종탑 위에 올라 끊임없이 망을 보는 것이었다.

갑자기 비에이유 펠트리 강둑에서 어떤 커다란 그림자가 특이한 형체를 띠며 움직이는 듯이 보였다. 그 움직임이 무엇인지 알아내려고 애쓰는 사이, 파비스 거리에서 다시금 움직임이 일더니 시테 섬에서 노트르담 성당의 정면을 향해 수직으로 이어졌다. 주위가 무척 어둡긴 했지만, 마침내 콰지모도는 행렬의 선두가 노트르담 가까이에 이르는 것을 볼 수 있었다. 군중은 잠시 광장에서 흩어지더니 어둠과 더 이상 구분할 수 없게 뒤섞여버렸다.

군중은 매순간 파비스 광장에서 점점 불어나는 것 같았다. 그는 단지 그들이 아무 소리도 없이 움직이고 있음을 어렴풋이 짐작할

따름이었다. 왜냐하면 사람들이 별다른 소리를 듣지 못했는지 거리와 광장의 창문들이 모두 닫혀 있었기 때문이었다. 갑자기 불꽃 하나가 타오르더니, 잠시 후 일고여덟 개의 횃불이 선두에서 어둠을 밝히며 사방으로 움직이기 시작했다. 그제야 콰지모도는 파비스 광장에서 누더기를 입은 남자들과 여자들의 엄청난 무리가 낫과 창, 낫도끼 등으로 무장한 채 몰려드는 것을 뚜렷이 볼 수 있었다. 날카로운 칼날들이 불빛을 받아 번쩍였다. 콰지모도는 램프를 들고서 첨탑 사이의 펀펀한 지붕으로 올라가 그들을 좀더 가까이에서 바라보면서 그곳을 지켜낼 방도를 찾으려 했다.

클로팽 트루이프는 노트르담 성당의 좁은 현관 앞에 도착하자 무리들을 전투태세로 집결시켰다. 그런 다음 파비스 광장의 흉벽 위에 올라서서 쉰 목소리를 높여 말했다.

"파리의 주교이며 최고법원의 판사인 루이 드 보몽은 들어라. 나 튄느의 왕이자 광인들의 주교인 클로팽 트루이프가 말한다. 마법이라는 억울한 죄목으로 사형선고를 받은 우리들의 누이동생은 지금 너희 교회에 몸을 피하고 있다. 너는 그녀를 보호할 의무가 있다. 그런데 최고법원은 그녀를 다시 사형대에 세우기를 원했고 너는 그들의 뜻에 동의했다. 그 결과 그녀는 내일 그레브 광장에서 교수형에 처해질 것이다. 만일 신과 거지 떼들이 구해주지 않는다면 말이다. 따라서 우리는 너에게 엄중히 명하는 바이다. 교회를 온전하게 지키고 싶다면 우리들의 딸을 돌려주도록 하라. 그러지 않으면 우리가 스스로 그녀를 구하고 교회를 쓸어버릴 것이다. 내 말은 분명히 지켜질 것이다. 위에 말한 바에 의거하여 깃발을 꽂아두는 바이다. 파리의 주교여, 신의 가호가 있기를!"

불행히도 콰지모도는 거칠면서도 당당하게 들리는 그 말을 들을 수 없었다. 그때 부랑자 하나가 깃발을 클로팽에게 바치더니, 포석 사이에 엄숙하게 꽂았다. 그것은 쇠스랑이었는데, 날카로운 끝에는 피가 철철 흐르는 고깃덩어리가 달려 있었다.

모든 일이 끝나자 튄느의 왕은 돌아서서 그의 군대를 찬찬히 둘러보았다.

"가자! 모두 쓸어버리자!"

그가 소리쳤다. 어깨가 떡 벌어진 건장한 사내 삼십여 명이 어깨에 망치와 집게, 쇠막대 등을 떠메고서 대열을 이탈하여 앞장섰다. 그들은 계단을 올라 성당 주 출입문으로 향했다. 그러고는 고딕의 아치 아래에 집결하여 집게와 지렛대로 문을 열려고 했다. 하지만 문은 너무나 견고했다.

"힘을 내라! 동지들, 자물쇠가 거의 비틀어졌다!"

클로팽이 외쳤다. 순간 튄느의 왕은 뒤편에서 울리는 엄청나게 큰 파열음에 잠시 머뭇거렸다. 거대한 들보가 막 하늘에서 떨어진 것이었다. 열두 명쯤 되는 거지들이 이미 계단에서 짓눌린 뒤였고, 들보가 포석 위에서 다시 튀어 오르면서 이곳저곳에서 부랑자들의 사지를 으스러뜨리고 있었다. 그들은 공포에 사로잡힌 채 비명을 지르며 사방으로 물러섰다. 소동이 일단락되는 듯하자, 튄느의 왕은 그럴듯해 보이는 구실을 찾아내어 동료들을 향해 소리쳤다.

"성당 참사회원* 놈들이 끝내 버티고 있다! 이제 가릴 것 없이 모두 쓸어버려라! 약탈하라!"

"약탈하라!"

격분한 군중은 소리를 지르며 복창했다. 곧 강철 활과 화승총이 성당 정면을 향해 발사되었다. 엄청난 폭발음에 평화로이 잠들어 있던 광장 인근의 주민들이 잠에서 깨어났다. 수많은 창문이 열리면서 파자마 차림의 사람들이 촛불을 손에 들고 창가에 나타났다.

"창문을 쏴라!"

클로팽이 외쳤다.

"약탈하라!"

부랑자들이 다시 외쳤다. 하지만 그들은 감히 다가서지 못했다. 그들은 성당을, 그리고 두꺼운 들보를 쳐다보았다. 들보는 꼼짝도 하지 않았다. 성당은 아무 일도 없다는 듯 고요하고 적막했지만, 알 수 없는 무언가가 부랑자들을 얼어붙게 만들고 있었다.

"다시 시작하자! 문을 부숴버려라!"

클로팽이 외쳤다. 하지만 어느 누구도 발걸음을 떼어놓지 못했다. 클로팽이 다시 옆쪽에 대고 말했다.

"이봐 턱수염! 저 친구들이 들보에 겁을 먹고 있잖아."

나이든 전사 한 사람이 그에게 대답했다.

"대장, 우리를 귀찮게 하는 것은 들보가 아니라 쇠막대로 꽁꽁 막

---

* 주교主教회의에 소속된 성직자.

아둔 문 아니겠어? 집게도 아무 소용이 없다니까."

"그럼, 집게를 끼워 넣을 방도를 찾아봐!"

"성곽을 부수는 나무 추가 필요할 거요."

그러자 튄느의 왕은 엄청난 두께의 들보를 향해 용감하게 뛰어가서 밟고 올라섰다.

"자 봐라! 성직자 나리들이 너희들에게 이것을 보내주었다."

그는 교회를 향해 조롱하듯 경의를 표했다.

"고맙소, 성직자 나리들."

그의 허세는 효과가 있었다. 거지 떼를 짓누르고 있던 두꺼운 들보에 깃들인 마법이 풀렸다. 그들은 다시 달려들었다. 곧 무거운 들보가 수많은 억센 팔들에 들려 수없이 뒤흔들었던 커다란 문을 향해 내동댕이쳐졌다. 그 충격에 반은 금속으로 만들어진 문이 커다란 북처럼 울렸다. 문은 조금도 부서지지 않았다. 하지만 성당 전체가 뒤흔들리면서 건물의 깊은 공동으로부터 으르렁거리는 소리가 들려왔다. 순간 건물 정면의 높은 곳에서 커다란 돌덩이들이 침략자들의 머리 위로 비 오듯 떨어지기 시작했다.

"빌어먹을! 첨탑들까지 우리들을 공격하고 나섰단 말인가!"

장 프롤로가 소리쳤다. 부랑자들을 격노하게 만든 이 예기치 못한 공격이 콰지모도의 소행임은 누구도 짐작하지 못했을 것이다. 불행히도 용감한 귀머거리에게는 엄청난 무기들이 있었다. 그는 석공들이 하루 종일 벽과 골조, 그리고 남쪽 탑의 지붕을 수리했던 사실을 기억하면서 기발한 생각을 떠올렸다. 벽은 돌로 되어 있었고,

지붕은 납, 골조는 나무였다. 콰지모도는 탑을 향해 뛰어갔다. 그곳은 완벽한 무기고였다. 그는 위기감으로 배가된 엄청난 힘으로 가장 크고 긴 들보를 떼어냈다. 그런 다음 그것을 창문으로 끄집어내어 심연을 향해 난간 사이로 내던졌다.

들보가 떨어지자 거지 떼들이 마치 입김에 재가 날리듯 사방으로 흩어지는 것이 보였다. 콰지모도는 그들의 공포심을 이용했다. 그들은 하늘에서 떨어진 커다란 덩어리를 의심스러운 눈초리로 바라보면서 화살과 탄환으로 현관의 석조 성인상들의 눈을 쏘아 맞추었다. 콰지모도는 묵묵히 석고 부스러기와 돌, 그리고 석공의 연장들을 난간 가장자리에 쌓아두었다. 그래서 그들이 육중한 문을 때리기 시작하자마자 돌덩이들이 우박처럼 쏟아져 내린 것이었는데, 그들에게는 마치 성당이 머리 위에서 무너져 내리는 것처럼 느껴졌다. 하지만 비 오듯 쏟아지는 돌덩이들만으로는 침략자들을 격퇴시키기에 충분치 않았다. 콰지모도는 난간 아랫부분에서 돌로 된 두 개의 긴 낙수 홈통을 발견했다. 그것들은 성당 정문 바로 위로 뚫려 있었다. 그에게 문득 좋은 생각이 떠올랐다. 그는 자신의 방에서 나뭇단을 찾아와 그 위에 오리목 다발과 말아놓은 납덩이들, 그리고 아직 사용해본 적 없는 탄약들을 올려놓고는 두 개의 낙수 홈통 앞에 잘 쟁여놓고서 불을 댕겼다.

공격자들은 나무 추 주위에 모여들어 마지막 시도를 준비했다. 그들은 있는 힘을 다해 결정적인 일격을 가하기 위해 숨을 고르면서 근육을 긴장시키고 있었다. 그런데 어느 순간 무시무시하고 끔찍한 비명이 그들 사이에서 길게 이어졌다. 펄펄 끓는 납이 성당 위에서 두 줄기로 뿜어져 나와 사람들이 가장 많이 모여 있는 곳으로 떨어진 것이었다. 수많은 사람들이 그대로 무너져 내렸다. 납이 떨어진 곳에는 연기가 새어나오는 검은 구멍이 생겼다. 마치 눈 속에 뜨거운 물줄기가 쏟아져 내린 것 같았다. 절반 정도 몸이 타버린 사람들이 고통으로 울부짖으며 죽어갔다.

이곳저곳에서 날카로운 아우성이 이어졌다. 불쌍한 사람들은 나무 봉을 시체들 위에 내던진 채 서로 뒤엉켜 달아났다. 파비스 광장은 다시 텅 비었다. 클로팽 트루이프는 격노하여 자신의 굵은 주먹을 물어뜯었다. 그러고는 이빨 사이로 외마디 말을 뱉어냈다.

"못 들어간단 말인가!"

"이 성당에는 마귀할멈이 붙어 있어!"

늙은 보헤미아 사람, 마티아 앙가디 스피칼리가 중얼거렸다.

"그 악마가 등불 앞에서 서성거리는 것을 보지 못했나?"

이집트의 군주가 다시 외쳤다.

"물론 그 놈은 빌어먹을 종지기 콰지모도지."

클로팽이 말했다. 보헤미아인은 고개를 끄덕였다.

"그럼, 이 문을 부술 방법이 없단 말인가! 그럼, 비굴한 놈 마냥 어이없이 돌아가라고! 내일 얼굴을 감춘 늑대들이 우리의 여동생을 목매달도록 내버려두라고!"

튄느의 왕이 발을 구르며 소리쳤다. 마티아 앙가디가 고개를 가로저었다.

"문으로는 들어갈 수 없어. 마귀할멈의 갑옷에서 약점을 찾아야 해. 구멍과 비밀 문, 분명 틈새가 있을 거야."

"누가 함께 갈 건가? 나는 다시 시작한다. 그런데 대학생 장은 어디에 있지?"

클로팽이 말했다.

"그 놈은 죽은 게 틀림없어요. 그 놈이 웃는 소리를 듣지 못했어요."

누군가 대답했다. 튄느의 왕은 눈썹을 찌푸렸다.

"할 수 없지! 순박한 놈이었는데. 그럼 피에르 그랭그와르 선생은?"

"클로팽 대장, 그 놈은 우리가 퐁 오 샹제르에 오기도 전에 몰래 달아났소."

앙드리 르 루즈가 말했다. 클로팽은 발길질을 하며 욕설을 퍼부었다.

"그 놈 때문에 우리가 여기에 온 것이 아닌가! 우리에게 일거리만 던져주다니! 비겁한 수다쟁이!"

"클로팽 대장, 저기 대학생이 있소."

앙드리 르 루즈가 파비스 광장을 바라보고 있는 클로팽에게 외쳤다.

"죽었다 살아났군! 그런데 저 놈 뒤에 달려오는 게 뭐지?"

클로팽이 말했다. 장 프롤로는 무거운 기사 갑옷을 입은데다가 포석 위로 끌리는 긴 사다리를 매고 있는 것치고는 빠르게 뛰어왔다.

"만세! 여기 생 랑드리 항구의 하역 인부들이 쓰는 사다리가 있다."

대학생이 외쳤다. 클로팽이 그의 뒤로 다가왔다.

"애야! 너 그 사다리 어디에 쓸 거냐?"

"튄느의 존엄한 왕이시어, 사다리를 어디에 쓸 거냐고요? 저기 세 개의 큰 문 위쪽에 멍청한 얼굴을 하고 있는 입상들이 보이십니까? 그 회랑 끝에는 걸쇠로밖에 닫히지 않는 문이 있습니다. 이 사다리를 타고 성당으로 들어갈 겁니다."

"학생, 내가 먼저 오르도록 해주게."

"안 돼요, 동지. 사다리는 내 거예요."

"아마 벨제뷔트가 자넬 목 졸라버릴걸세. 난 누구 뒤에 서 있는 것을 좋아하지 않아."

클로팽이 퉁명스럽게 말했다.

"그럼, 클로팽. 마음대로 다른 사다리를 찾아봐요."

장은 광장으로 내달려 사다리를 끌어당기며 외쳤다.

"내가 왔다, 친구들!"

잠시 후 사다리가 펼쳐지더니, 측면 현관문 한 곳 위에 있는 아래쪽 회랑 난간에 걸쳐졌다. 장은 천천히 기어 올라갔다. 한 손으로는 사다리를, 다른 한 손으로는 강철 활을 붙잡고 있었다. 거지 떼들이 그의 뒤를 따라 올랐다. 어둠속에서 물결치며 사다리를 오르고 있는 갑옷 입은 자들의 뒷모습을 보았다면, 마치 강철로 된 비늘 뱀이 교회로 오르는 듯싶었을 것이다.

마침내 장 프롤로는 회랑의 발코니를 손으로 잡고는 거지 떼의 환호 속에서 난간을 잽싸게 뛰어넘었다. 성채의 주인이 된 그는 환호성을 질렀는데, 그러다가 문득 화석처럼 굳어져 입을 다물고 말았다. 왕의 입상 뒤 어둠속에 숨어 있는 콰지모도의 이글거리는 외눈을 알아본 것이었다. 끔찍한 꼽추는 장 프롤로 다음으로 사다리를 오르던 자가 회랑에 발을 딛기 전에 사다리 끝으로 달려가 아무 말 없이 우악스러운 손으로 사다리 끝을 붙잡았다. 그러고는 그것을 들어올려 벽에서 떼어놓았다. 그가 아래위로 거지들이 빼곡히 매달린 긴 접이식 사다리를 초인적인 힘으로 뒤흔들자, 불안에 사로잡힌 아우성이 드높이 들려왔다. 이윽고 그는 사다리를 광장으로 내던져버렸다. 사다리는 잠시 꼿꼿이 선 채 망설이는 듯싶더니, 악당들을 실은 채 일순 도개교의 줄이 끊어질 때보다도 더 빨리 포석 위로 넘어졌다. 냉정한 콰지모도는 난간에 팔꿈치를 괴고서 그 광경을 쳐다보았다. 그의 모습은 창가에 서 있는 머리가 덥수룩한 늙은 왕 같았다. 장 프롤로는 위태로운 상황에 처해 있었다. 그는 무시무시한 종지기와 회랑 위에 단둘이 남게 되었다. 동료들과 떨어져 80피트 위의 수직 벽에 혼자 남은 것이었다. 콰지모도가 사다리를 처리하고 있는 동안 대학생은 열려 있으리라고 생각되는 비밀 문을 향해 달려갔다. 하지만 그 문은 콰지모도가 들어오면서 잠가놓은 것이었다. 절망한 장 프롤로는 왕의 석상 뒤에 숨어 숨도 쉬지 못한 채 끔찍한 꼽추를 응시했다.

　처음에 귀머거리는 장을 주목하지 못했다. 하지만 마침내 뒤를 돌아보고는 자리에서 일어났다. 대학생을 알아본 것이었다. 장은 일격이 날아올 것을 각오했다. 하지만 귀머거리는 꼼짝하지 않은 채 그를 바라보고만 있었다.

"어라! 그 처량한 애꾸눈으로 노려보면 어쩔 거냐?"

장이 말했다. 이 우스꽝스러운 젊은이는 그렇게 말하면서 음험하게 강철 활의 시위를 당겼다.

"콰지모도! 내가 너의 별명을 바꾸어주마. 네 별명은 이제 소경이다."

그가 소리쳤다. 한 발이 발사되었다. 깃털 달린 화살이 허공을 가르더니 꼽추의 왼쪽 팔에 가서 박혔다. 하지만 콰지모도는 화살이 박히자 잠시 움찔했을 뿐 아무런 동요도 없었다. 그는 팔에서 화살을 뽑아내어 태연하게 무릎으로 부러뜨렸다. 두 동강난 화살을 내던지지도 않고 그냥 땅에 떨어지도록 내버려두었다. 하지만 장은 두 번째 화살을 쏠 시간이 없었다. 콰지모도는 큰 소리로 괴성을 지르더니 메뚜기처럼 뛰어올라 그를 밟고 올라섰다. 그 서슬에 장 프롤로의 갑옷은 바닥에 납작하게 짓눌려버리고 말았다.

이제 횃불이 흔들리는 희미한 빛 속에서 더욱 끔찍한 장면이 벌어졌다. 콰지모도는 바동거리지도 못하는 장의 두 팔을 왼손으로 잡았다. 그 정도로 장은 완전히 얼이 빠져 있었다. 귀머거리는 오른쪽 손으로 아무 말 없이 천천히 그의 무장을 하나하나 벗겨내기 시작했다. 장검과 단검, 투구, 갑옷 등이 차례로 떨어져 나갔다. 마치 원숭이가 과일 껍질을 벗겨내는 것 같았다. 콰지모도는 장의 몸에서 떨어져나간 쇠붙이를 하나씩 발로 차 밀어냈다. 장은 무장이 해제되고 옷이 벗겨진 허약하고 발가벗은 자신의 몸을 보면서, 귀머거리에게 말을 하려고 애쓰는 대신 대담하게 그의 얼굴에 대고 웃음을 터트리며 노래를 불렀다. 하지만 그는 자신의 노래를 끝까지 부르지 못했다. 콰지모도가 난간 위에 서서 대학생의 다리를 붙잡고 있던 손을 그대로 놓아버렸던 것이다. 곧이어 뼈마디가 벽에 부딪혀 부서지는 듯한 소리가 들리더니, 무언가가 얼마쯤 떨어지다 건물의 돌출된 부분에 걸려 있는 것이 보였다. 장 프롤로의 시신이었다. 허리가 부러져 몸은 둘로 접혀 있었고, 두개골은 머릿골이 쏟아져 나와 비어 있었다. 부랑자들 사이에서 날카로운 비명소리가 울려왔다.

"원수를 갚아라!"

"쓸어버려라! 공격이다! 공격이다!"

여러 나라의 말과 사투리, 그리고 다양한 억양이 뒤섞인 고함소리였다. 불쌍한 장 프롤로의 죽음은 군중을 극심한 열광 상태로 몰고 갔다. 단지 꼽추 한 놈 때문에 교회를 목전에 두고서 지금까지 아무것도 할 수 없었다는 사실에, 그들은 수치심과 분노로 이를 갈았다. 그들은 격분하여 사다리를 찾았고 횃불을 더 많이 밝혔다. 얼마 후 정신없이 날뛰던 콰지모도는 엄청나게 많은 사람들이 사방에서 개미떼처럼 기어오르는 것을 보았다. 그들은 밧줄도 없이 돌출된 조각들을 붙잡고서 노트르담 성당을 기어올랐다. 그들은 누더기 차림을 하고서 서로에게 매달려 있었다. 그것은 마치 건물 외벽의 돌로 된 괴물들을 살아 있는 괴물들이 뒤덮고 있는 형상이었다. 이처럼 성난 얼굴로 밀려드는 무리들에게 저항할 수 있는 방법은 전혀 없었다.

그러는 동안 광장은 수많은 횃불들로 총총히 빛나고 있었다. 지금껏 어둠속에 묻혀 있던 무질서한 광장이 갑자기 빛으로 붉게 물들었다. 광장에서 뿜어져 나온 빛은 하늘까지 이어졌다. 파리의 지붕들 위로 드리운 두 탑의 거대한 실루엣이 그 속에서 오목한 큰 그림자를 만들어내고 있었다. 온 도시가 동요하고 있는 것 같았다. 멀리서 경종警鐘이 울렸다. 거지 떼들은 신음과 욕설로 울부짖으면서 사다리를 기어올랐다. 수많은 적들 앞에 무기력해진 콰지모도는 이집트 여자를 지켜야겠다는 생각에 온몸을 부르르 떨면서 성난 얼굴들이 점점 회랑으로 다가오는 것을 지켜보았다. 그는 하늘을 바라보며 기적을 빌었고 절망감에 두 팔을 비틀었다.

25. 산책하는 작은 불꽃

"회랑 뒤에 강으로 나 있는 작은 문이 있어. 그곳 열쇠도 있지. 오늘 아침 내가 그곳
에 배 한 척을 매어놓았네."

그랭그와르는 생 앙투완 거리를 향해 엄청난 속도로 뛰어 내려갔
다. 그는 보드와이에 문에 도착하여, 광장 가운데 서 있는 돌로 된
십자가를 향해 똑바로 걸어갔다. 어둠속에서 검은색 옷에 두건을
쓴 사람을 똑똑히 분간할 수 있었다. 그 사람은 십자가의 단 위에
앉아 있었다.

"부주교님?"

그랭그와르가 말했다. 검은 옷의 사람이 일어섰다.

"왜 이렇게 늦었는가? 같이 모의한 것이지만, 늘 자네 때문에 화
가 치밀어 올라, 그랭그와르!"

그가 소리 질렀다. 때는 새벽 한 시 반이었다.

"오! 그건 제 잘못이 아니라 야경대와 프랑스 왕의 탓입니다. 저

는 간신히 피해왔어요. 그들에게 붙잡혀서 교수형을 당할 뻔했다니까요. 어쩔 도리가 없었어요."

그랭그와르가 다시 말했다.

"만사를 그르쳐버리겠네. 어쨌든 빨리 서두르세. 암구호는 알고 있나?"

그가 물었다.

"예, 귀 좀 빌려주세요. '산책하는 작은 불꽃'입니다."

"좋아. 그게 없으면 성당까지 갈 수 없을걸세. 부랑자들이 길을 막고 있어. 다행히 그들이 난관에 부딪친 것 같네. 아직 가능성이 있을걸세."

"예, 부주교님. 하지만 노트르담에는 어떻게 들어가지요?"

"내게 탑의 열쇠가 있어."

"그럼 들어간 다음에는 어떻게 나올 수 있습니까?"

"회랑 뒤에 강으로 나 있는 작은 문이 있어. 그곳 열쇠도 있지. 오늘 아침 내가 그곳에 배 한 척을 매어놓았네."

두 사람은 큰 걸음으로 시테 섬을 향해 내려갔다.

26. 날아가버린 새

"단 한 마디만 해다오! 한 마디 용서의 말이라도! 나를 사랑한다는 말이 아니어도 좋다. 이 말 한 마디면 충분하다. 내가 너를 구해주길 원한다고만 말해다오."

독자 여러분은 콰지모도가 처했던 위급한 상황을 기억하고 있을 것이다. 사방에서 공격을 받은 이 용감한 귀머거리는 용기가 없었더라면 아마도 에스메랄다를 구하겠다는 모든 희망을 잃어버렸을 것이다. 사실 그는 자신을 위해 싸운 것이 아니라 오직 이집트 여자만을 생각했기 때문에 용감할 수 있었다. 그는 얼이 빠져 회랑을 뛰어다녔다. 노트르담은 부랑자들에게 함락되기 일보직전이었다. 그때 갑자기 말들이 질주하는 소리가 온 거리에 가득 울려 퍼졌다. 횃불과 기병들의 긴 행렬이 이어지면서 창과 고삐 등이 부딪치는 소리가 들렸다. 이 포효하는 듯한 맹렬한 소리는 마치 폭풍우가 치듯 광장을 강타했다.

"프랑스! 프랑스! 저 무례한 놈들을 베어버려라! 친위대다! 친위대다!"

그들은 왕의 군대였다. 부랑자들은 그들에게 용감히 맞섰지만 가망 없는 싸움이었다. 난투극은 눈뜨고 볼 수 없을 지경이었다. 친위대의 선두에는 페뷔스 근위대장이 위용을 드러내고 있었다. 그는 부랑자들을 치고 베면서 가차 없이 무찔렀다. 파리의 시민들은 왕의 친위대가 싸우는 소리에 다시 창문을 활짝 열었다. 그들도 친위대 편에서 싸움에 가담한 터라 건물로부터 거지 떼 위로 총알이 빗발치듯 쏟아졌다. 부랑자들은 마침내 굴복하고 달아나기 시작했다. 그들의 패주 뒤에 파비스 광장에는 시체들만이 수북하게 쌓여 있었다. 한시도 싸움을 멈추지 않았던 콰지모도는 적들이 패주하는 것을 보자 무릎을 꿇고 하늘을 향해 두 손을 모았다. 그러고는 기쁨에 취해 그가 그토록 간절하게 지켜내려 했던 에스메랄다에게로 새처럼 빨리 뛰어갔다. 그 순간 그에겐 오직 한 가지 생각밖에 없었다. 자신이 두 번째로 구해낸 아가씨 앞에 무릎을 꿇는 일이었다. 하지만 그가 방에 들어섰을 때, 방안은 감쪽같이 비어 있었다.

거지 떼가 교회를 공격했을 때, 에스메랄다는 잠들어 있었다. 성당 주변에서 점점 커져가는 웅성거림과 잠에서 깬 염소 잘리의 근심스러운 울음소리에 그녀는 잠에서 깨어날 수밖에 없었다. 그녀는 가까이 다가오는 발걸음 소리를 들었다. 두 사람이었는데, 그 중 한 사람이 램프를 들고 그녀의 방으로 들어왔다. 그녀는 가늘게 소리를 질렀다.

"겁낼 것 없어요. 나예요."

누군지 모를 목소리가 말했다.

"누구세요?"

그녀가 물었다.

"피에르 그랭그와르."

그녀는 그 이름을 듣고서 안도했다. 그러곤 눈을 들어 시인의 얼굴을 살폈다. 그런데 시인 옆에 머리부터 발끝까지 검은 베일을 두른 누군가가 서 있었다. 이집트 여자가 낮은 목소리로 물었다.

"당신 옆에 있는 사람은 누구예요?"

"안심하세요. 내 친구예요."

그랭그와르가 대답했다. 그는 램프를 바닥에 내려놓고 몸을 숙여 잘리를 두 팔로 안더니 다시 에스메랄다를 향해 말했다.

"사랑스러운 여인이여, 당신과 잘리의 목숨은 위기에 처해 있습니다. 당신을 다시 끌어내리려고 해요. 우리는 당신 친구이고, 당신을 구하러 왔습니다. 따라오세요."

"정말이에요?"

그녀는 깜짝 놀라 외쳤다.

"그럼요. 서둘러요!"

그랭그와르는 그녀의 팔을 잡아끌었고, 그의 동료는 램프를 들고 앞장서 걸었다. 두려움이 그녀를 얼떨떨하게 만들었다. 그녀는 그대로 그를 따라나섰다. 염소도 껑충 뛰며 그들을 따라나섰는데, 그랭그와르를 다시 만나게 되어 너무 기쁜 나머지 그의 다리 사이에 뿔을 비벼대는 통에 그는 매번 걸음을 비틀거리지 않을 수 없었다. 그들은 빠른 걸음으로 탑의 계단을 내려와, 소란이 울려 퍼지는 가운데 어둠과 적막으로 가득 찬 성당을 지나서 포르트 루즈 수도원의 뜰로 나왔다. 그런 다음 테랭으로 향하는 문 쪽으로 나아갔다. 이 혀 모양의 땅은 시테 섬 쪽 성벽으로 둘러싸여 있었다. 그들은 그곳에 인기척이 전혀 없는 것을 확인했다. 거지들이 싸우는 소리가 멀리서 희미하게 들려올 뿐이었다.

램프를 든 사람은 테랭 끝쪽으로 똑바로 걸어갔다. 그곳 물가에는 말뚝을 박은 울타리의 벌레 먹은 잔해들이 남아 있었다. 울타리 격자들 뒤로 드리워진 그늘 속에는 작은 배 한 척이 감춰져 있었다. 그랭그와르는 배에 올라타더니 염소부터 무릎에 안고 자리를 잡았다. 그는 배 뒤편에 앉았고, 아가씨는 누군지 모를 사람에게 말하기 어려운 두려움을 느끼면서 시인에게 바싹 다가갔다. 배는 강 우안 쪽으로 천천히 나아갔다. 아가씨는 은근히 겁을 집어먹고서 정체불명의 남자를 응시했다. 어둠속 선미에서 노를 젓고 있는 그 사내는 마치 유령처럼 보였다. 게다가 그의 입에서는 입김만이 내뿜어질 뿐, 아직 한 마디 말도 나오지 않고 있었다. 배를 따라 흐르는 물결소리와 노 젓는 소리만이 뒤섞여 들려올 뿐이었다. 그랭그와르가 불쑥 말을 꺼냈다.

"그런데 말입니다. 우리가 광란한 부랑자들을 지나 파비스 광장으로 오는 길에, 신부님께서는 귀머거리 애꾸눈이 어떤 불쌍한 녀석을 난간에 집어던져 골이 깨져 흐르도록 만든 끔찍한 광경을 보셨는지요? 저는 눈이 나빠서 잘 볼 수 없었는데 혹시 누군지 보셨습니까?"

정체불명의 사내는 아무런 대답이 없었다. 하지만 그는 갑자기 노를 내려놓고는, 마치 부러지기라도 한 듯 팔을 아래로 축 늘어뜨리고 머리를 가슴에 묻었다. 에스메랄다는 그가 경련하며 탄식하는 소리를 들었다. 그대로 내버려진 배는 잠시 제멋대로 흘러갔다. 하지만 검은 옷의 남자는 이윽고 다시 일어나 노를 잡고 강을 거슬러 오르기 시작했다. 그는 다시 노트르담 쪽으로 돌아와 포르 오 프윙의 선착장으로 향했다.

"어이!"

멀리서 소란이 커져가는 가운데 그랭그와르가 외쳤다. 노트르담 주변은 점점 더 소란스러워져가고 있었다. 그들은 귀를 기울였다. 승리의 함성이 뚜렷하게 들렸다. 갑자기 백여 개의 횃불이 무장한 사람들의 투구를 비추더니, 성당의 온 지붕과 첨탑, 회랑 등지로 가득 펼쳐졌다. 횃불은 누군가를 찾고 있는 듯싶었고, 곧이어 멀리서 외치는 함성이 도망자들에게까지 분명하게 들려왔다.

"이집트 여자를 찾아라! 마녀를 찾아라! 이집트 여자를 죽여라!"

불행한 여자는 두 손에 얼굴을 파묻었고, 정체불명의 남자는 강가를 향해 미친 듯이 노를 저어갔다. 배가 흔들리면서 선착장에 도착했음을 알 수 있었다. 소란스러운 불길한 소리가 시테 섬을 가득 메우고 있었다. 정체불명의 남자는 일어서서 이집트 여자에게 다가와 그녀가 배에서 내리는 것을 도우려고 손을 내밀었다. 그녀는 그 손을 밀치고 그랭그와르에게 손을 내밀었는데, 그는 염소에 열중하고 있었기 때문에 그녀를 거의 밀어내다시피 했다. 그래서 그녀는 혼자 배에서 내려올 수밖에 없었다. 그녀는 너무나 혼란스러워서 어떻게 해야 할지, 어디로 가야 할지 알 수가 없었다. 그녀는 잠시 얼빠진 모습으로 흐르는 강물을 바라보면서 그대로 서 있었다. 그녀가 정신을 차리고 보니, 정체불명의 남자와 선착장에 단둘이 남아 있었다. 그랭그와르는 배가 접안하는 새를 틈타 염소를 데리고 그르니에 쉬르 로 거리의 주거지로 몰래 달아났던 것이다.

가엾은 처녀는 남자와 단둘이 남은 것을 깨닫고는 두려움에 떨었다. 그녀는 그랭그와르를 소리쳐 부르고 싶었다. 하지만 혀가 입안에서 굳어져 아무런 소리도 내뱉을 수 없었다. 순간 그녀는 남자의 손이 자신의 손을 잡는 것을 느꼈다. 그 손은 차갑고 억셌다. 그녀는 이가 떨렸고, 얼굴은 자신을 비추고 있는 달빛보다도 더 창백해졌다. 남자는 한 마디 말도 없었다. 그는 그녀의 손을 잡은 채 큰 걸음으로 그레브 광장을 향해 거슬러 올라갔다. 그녀는 기력을 잃은 채 끌려가면서 그의 걸음걸이에 맞추느라 거의 뛰다시피 했다. 그러면서도 이따금 다시 기운을 내어, 차오르는 숨을 억누르며 말을 하려고 애썼다.

"당신은 누구세요? 대체 누구세요?"

그는 아무런 대답이 없었다. 그들은 그렇게 계속 강둑을 따라 걸어 상당히 큰 광장에 이르렀다. 달빛이 약하게 비추고 있었다. 바로 그레브 광장이었다. 그 가운데 검은색 십자가가 서 있었다. 교수대였다. 그녀는 모든 것을 확인하고서 자신이 있는 곳이 어디인지를 깨달았다. 남자는 발걸음을 멈추고 그녀를 향해 돌아서서 두건을 걷어 올렸다.

"오, 그 사람이잖아!"

얼이 빠진 그녀가 더듬거리며 말했다.

그 사람은 신부였다. 그는 마치 유령과도 흡사했다. 달빛 탓에 더욱 그렇게 보였다.

"자! 여기는 그레브 광장이다. 너는 내 말뜻을 알 거야. 나는 너를 구하고 싶어……."

그의 말이 끝나자 그녀는 오래전에 들었던 그 불길한 음성에 진저리쳤다.

그녀는 그의 말을 믿을 수 있을까? 결국 이 남자는 그녀의 도피를 도왔다. 하지만 그것은 그녀를 그럴듯하게 속이기 위함이 아닐까? 그랭그와르는 그를 친구로 여겼다. 하지만 그랭그와르는 더 이상 여기에 없다!

"잘 알아둬. 그들이 너를 쫓아오고 있고, 나는 네게 거짓말을 하지 않아. 나는 너를 사랑하고 있어. 말하지 마. 나를 증오한다는 말을 하기 위해서라면 차라리 말을 하지 마! 나는 네 말을 더 이상 듣지 않기로 했어. 우선 내 말을 들어. 나는 모든 준비를 했어."

그는 여기까지 말하고서 문득 말을 그쳤다.

"아니, 이런 말을 하려고 했던 것은 아니었어."

그는 교수대로 똑바로 걸어가더니, 그것을 손가락으로 가리키며 차가운 목소리로 그녀에게 말했다.

"둘 중 하나를 선택해!"

그녀는 그에게서 팔을 빼내고 교수대 아래로 달려가 그 불길한 기둥을 붙들었다. 그러고는 고개를 반쯤 돌려 신부를 어깨너머로 쳐다보았다. 그녀는 마치 십자가 아래의 성모 같았다. 신부는 아무 말 없이 잠자코 있으면서 손가락으로는 여전히 교수대를 가리키고 있었다. 마침내 이집트 여자가 그에게 말했다.

"나는 교수대보다 당신이 더 소름끼쳐."

그러자 그는 깊이 절망하여 고개를 떨어뜨리며 중얼거렸다.

"만일 이 돌들이 말할 수 있었다면, 그래, 여기 누구보다도 불행한 사람이 있다고 말했을 거야."

그는 계속 말을 이었고, 그녀는 교수대 앞에 무릎을 꿇고 앉아 자신의 긴 머리에 파묻힌 채 그가 말하도록 내버려두었다. 그는 이전의 모질고 거친 말투와는 달리 사려 깊고 부드러운 말투로 이야기했다.

"나는 당신을 사랑해. 나도 부인하고 싶지만 그건 진실이야. 내 마음속엔 당신을 향한 불꽃이 타오르고 있어. 아아! 아가씨, 언제고, 그래 언제고 그래왔어. 이런 내 마음은 연민을 살 수 있지 않을까? 당신을 사랑한다는 것은 내겐 언제나 크나큰 고통이었어. 오! 나는 너무 괴로웠어. 이런 나를 동정해줄 수는 없을까? 나는 당신이 나를 혐오하지 않았으면 좋겠어. 당신은 나를 쳐다보지도 않는군! 당신은 다른 것을 생각하고 있는 것 같아. 내가 당신에게 모든 것을 고백하고 있는 이 마당에 말이야. 특히 근위대장 놈에 대해서 말해서는 안 돼! 나는 당신 무릎 아래 엎드릴 수도 있어. 나는 당신 발에 입 맞추고 싶지만, 당신이 원하지 않는다면 당신이 발을 딛고 있는 땅에 입 맞추겠어! 나는 어린아이처럼 엉엉 울 수도 있어. 나는 그저 말이 아니라 내 마음속이라도 뒤집어 보여주고 싶어. 내가 당신을 사랑한다는 것을 증명할 수만 있다면 말이야. 모든 것이 부질없겠지만. 모든 것이… 그래도 당신의 마음에는 온화함과 너그러움밖에 없어. 당신은 가장 아름다운 상냥함으로 빛나고, 모든 것이 사랑스럽고 착하고 인정 많을 뿐 아니라 매력적이야. 아아! 그런데 당신은 오직 내게만 인정머리 없고 심술궂을 뿐이라니! 이 무슨 가혹한 운명인가!"

그는 두 손에 얼굴을 파묻었다. 아가씨는 그가 우는 소리를 들었다. 그것은 처음 있는 일이었다. 그는 선 채로 흐느끼며 울었고, 그래서 무릎을 꿇었을 때보다 더 애원하는 듯하고 더 비참하게 보였다. 그렇게 한참 울다가 그가 다시 말했다.

"가자! 나는 지금 무슨 말을 해야 할지 모르겠다. 하지만 나는 네게 말할 것을 충분히 생각했었다. 이제 나는 온몸이 떨리고 정신을 차릴 수 없다. 박사인 나는 학문을 우롱했고, 귀족인 나는 내 성姓을 버렸고, 신부인 나는 미사 시간을 음란한 생각으로 도배했다. 그것도 모두 나를 매혹한 너 때문이다. 나는 이제 우리에게 결정적인 순간이 점점 다가오고 있음을 느낀다. 네가 나를, 너 자신을 가엾게 여기지 않는다면 나는 곧 땅에 쓰러져버릴 것이다. 서로에게 고통을 주지 말자. 아! 내가 너를 얼마나 사랑하는지 알기만 한다면! 내 마음이 어떤지 조금이라도 알아준다면!"

그는 마지막으로 그렇게 애원하면서 정신이 완전히 나간 듯했다. 그는 잠시 말이 없더니 혼잣말을 하듯 다시 말을 이었다.

"카인, 너는 네 형제를 어떻게 했지? 네가 없었다면, 너의 지독한 음모가 없었더라면, 그는 살아 있었을 것이다. 아직 어린아이인데… 그 아이는 무심했지만 매력이 있었고 가끔은 열광적이었지. 그 아이의 곱슬머리가 성당의 돌에 부딪쳐 깨졌어."

흐느낌이 그의 목을 타고 올라왔고, 그의 뺨에는 두 줄기 눈물이 흘러내렸다.

"나는 그를 먹여 살렸고, 사랑했다. 나는 그를 열렬히 사랑했다. 그런데 내가 그를 죽인 것이다. 그는 나 때문에 죽었고 이 여자 때문에, 그녀 때문에 죽었다."

그의 눈길은 격해져 있었고 목소리는 잦아들고 있었다. 그는 꽤 오랜 간격을 두고서 기계적으로 되풀이했다. 마치 종소리가 마지막 여운을 남기며 이어지듯이 말이다.

"그녀 때문에… 그녀 때문에……."

그의 입술은 여전히 움직이고 있었지만 그의 말은 더 이상 알아듣기 어려웠다. 그는 갑자기 무너져 내리듯 주저앉더니 무릎에 머리를 파묻고는 바닥에 꼼짝 않고 있었다. 잠시 후 그는 말할 수 없이 불안한 표정으로 이집트 여자를 향해 돌아섰다.

"아아! 너는 내가 우는 것을 냉정하게 보고 있었다. 너는 이 눈물이 닦였다고 생각하는가? 그렇다면 사실인가? 증오하는 사람은 그가 어떤 행동을 해도 감동을 주지 못한다는 것이? 너는 내가 죽는 것을 보고도 웃을 것이다. 오! 하지만 나는 네가 죽는 것을 원치 않는다. 단 한 마디만 해다오! 한 마디 용서의 말이라도! 나를 사랑한다는 말이 아니어도 좋다. 이 말 한 마디면 충분하다. 내가 너를 구해주길 원한다고만 말해다오. 오! 시간이 없다. 우리의 운명은 내 손 안에 있음을, 내가 미친 사람임을, 내가 모든 선택권을 쥐고 있음을, 우리들 아래에는 바닥이 없는 심연이 도사리고 있음을 기억해라. 나도 너를 따라 그 심연으로 영원히 추락할 것이다. 단 한 마디의 호의만이라도 보여다오. 한 마디만! 단 한 마디면 된다!"

그녀는 입을 열어 대답하려 했다. 그는 그녀의 입술에서 나올 말을, 어쩌면 동정심이 담겨 있을지도 모를 그 말을 받들기 위해 그녀 앞으로 다가와 간절히 무릎을 꿇었다. 그녀가 말했다.

"당신은 살인자야!"

신부는 그녀를 격렬하게 껴안고서 가증스럽게 웃기 시작했다.

"아, 살인자라니! 나는 너를 가지고야 말겠어. 너는 나를 노예로서가 아니라 주인으로서 바라고 있어. 나는 너를 가지고야 말겠어. 내가 알고 있는 음침한 소굴에 너를 넘겨버릴 테야. 너는 나를 따라와야 해. 넌 죽거나 내 것이 되어야 해! 신부의 것이! 파계승의 것이! 살인자의 것이 되어야 해! 바로 오늘밤부터. 알아듣겠지? 내 입에 열렬히 입 맞춰! 죽을 테냐 아니면 나와 잘 테냐!"

그의 눈은 추악한 광기로 번뜩였고, 음탕한 입은 그녀의 목을 붉게 만들었다. 그녀는 그의 팔에서 몸부림쳤다. 그는 그런 그녀를 거품을 문 입으로 덮쳐버렸다.

"나를 물지 마, 이 괴물아! 이 가증스러운 놈아! 나를 내버려둬! 네 흉한 머리털을 한 움큼 뽑아서 네 얼굴에 뿌려버릴 테야!"

그녀가 소리 질렀다. 그의 얼굴이 붉어졌다가 다시 창백해졌다. 그는 침울한 태도로 그녀를 바라보았다. 그녀는 의기양양하여 계속 말을 이었다.

"나는 페뷔스의 것이고 내가 사랑하는 사람은 페뷔스야. 페뷔스는 잘생겼고 신부인 너는 늙고 못생겼어! 꺼져버려!"

그는 마치 불도장으로 낙인이 찍힌 사람처럼 거칠게 소리 질렀다.

"그럼 죽어버려!"

그녀는 그의 소름끼치는 시선을 보고서 달아나려 했다. 그는 그녀를 붙들고 흔들어대다가 바닥에 내던져버렸다. 그러고는 빠른 걸음으로 투르 롤랑의 모퉁이를 향해 걸어갔다. 그녀는 그의 손에 붙들린 채 거의 질질 끌려가다시피 했다. 모퉁이에 도착하자 그는 그녀에게로 돌아섰다.

"마지막으로 묻겠다. 내 것이 될 테냐?"

"싫어!"

그러자 그는 큰 목소리로 외쳤다.

"귀딀! 귀딀! 여기 이집트 여자가 있다! 마음껏 복수해줘라!"

그녀는 갑자기 누군가에게 팔목이 잡혔음을 느꼈다. 놀라서 쳐다보니, 벽으로 난 작은 창에서 나온 바짝 마른 손이 쇠붙이처럼 차갑게 그녀를 붙들고 있는 것이었다.

"자! 도망친 이집트 여자가 여기 있다. 놓쳐서는 안 돼! 내가 경찰을 찾아오겠어. 곧 목매달려 죽을 거야."

소름끼치는 웃음이 벽 안쪽에서 그 무지막지한 말에 대답했다. 이집트 여자는 신부가 노트르담 다리 방향으로 멀어져가는 것을 보았다. 얼마 후 그가 사라진 쪽에서 기마행렬 소리가 들렸다.

27. 작은 신발의 주인

불행한 에스메랄다는 다시 고개를 떨어뜨렸다. 그녀는 자신이 사람을 상대하고 있지 않음을 깨달았다.

에스메랄다는 고약한 은둔자를 알아보았다. 그녀는 공포에 사로잡혀 숨을 헐떡이며 벗어나려 애썼다. 그녀는 극심한 불안과 절망에 사로잡혔고, 은둔자의 손은 그녀를 초인적인 힘으로 쥐고 있었다. 뼈가 돋고 깡마른 손가락들이 그녀에게 상처를 입힐 정도로 살속 깊이 파고 들어가 있었다. 그녀는 지쳐서 벽 쪽으로 쓰러졌고, 죽음의 공포가 그녀를 엄습했다. 그녀는 아름다운 삶을, 젊음을, 푸른 하늘과 자연을, 사랑과 페뷔스를, 사라지는 것과 다가오는 모든 것들을, 곧 들이닥칠 사형집행인과 저편에 있는 교수대 등을 생각했다. 그러자 머리가 곤두서는 것 같았다. 은둔자의 비통한 웃음소리가 들려왔다.

"흐흐흐, 넌 목매달려 죽을 거야!"

그녀가 소리 나는 쪽으로 돌아서자 창살 너머로 수녀의 엷은 황갈색 얼굴이 보였다.

"제가 당신에게 뭘 어쨌다고요!"

그녀는 거의 생기를 잃은 채 말했다. 은둔자는 대답이 없었다. 잠시 후에 수녀는 신경질적이고 빈정대는 투로 노래하듯 중얼거렸다.

"이집트 년아! 이집트 년아! 이집트 년아!"

불행한 에스메랄다는 다시 고개를 떨어뜨렸다. 그녀는 자신이 사람을 상대하고 있지 않음을 깨달았다. 갑자기 은둔자가 소리를 질렀다.

"네가 무슨 짓을 했냐고? 네가 한 짓 말이지! 내겐 아이가 하나 있었어! 예쁜 여자 아이 말이다! 나의 아네스!"

그녀는 얼빠진 듯이 말하더니 어둠속에서 무언가에 입을 맞추었다.

"이집트 년아! 내 아이를 데려갔어, 내 아이를 뺏어갔단 말이야. 내 아이를 짓밟아놓았어. 이게 바로 네가 나에게 한 짓이야."

"아아! 저는 그때 태어나지도 않았어요."

에스메랄다는 온순한 양처럼 대답했다.

"아니, 분명히 태어났어. 그 아이는 네 나이였을 거야! 내가 이곳에 산 지 15년이 되었어, 고통받고 산 지 15년, 기도하고 산 지 15년, 머리를 벽에 부딪치고 산 지 15년이 흘렀어. 분명히 말해두는데, 이집트 년들이 내 아이를 훔쳐가 먹어버렸어. 너도 양심이 있으면 생각해봐. 그 애는 젖도 떼지 않은 천진난만한 애였어. 이젠 네 차례야, 내가 이집트 년을 먹어버릴 테다."

은둔자가 다시 말했다. 이윽고 날이 새기 시작했다. 회색빛 하늘이 어렴풋이 주위를 밝혔다. 광장의 교수대가 점점 더 또렷하게 보였다. 가엾은 죄인은 노트르담 다리 쪽에서 기병들이 다가오는 소리가 가까이 들려오는 것 같은 느낌이 들었다. 그녀가 두 손을 모으고 무릎을 꿇은 채 애원하며 말했다.

"부인! 동정을 베풀어주세요. 그들이 와요. 나는 당신에게 아무 짓도 하지 않았어요. 제가 당신 앞에서 끔찍하게 죽는 꼴을 꼭 보고 싶은 건가요? 당신은 자비심이 있어요. 나는 그것을 믿어요. 저를 살려주세요. 풀어주세요! 제발! 나는 이렇게 죽기는 싫어요!"

"내 아이를 돌려다오!"

"제발 용서해주세요!"

"내 아이를 돌려줘!"

"풀어주세요!"

"내 아이를 돌려달라니까!"

에스메랄다는 너무 지쳐 다시 쓰러졌다. 그러고는 중얼거리듯이 말했다.

"아아! 당신은 아이를 찾고 있고, 나는 부모를 찾고 있어요."

귀뒬은 쉼 없이 말을 이어갔다.

"나의 아녜스를 돌려줘! 너는 그 애가 어디에 있는지 몰라? 그럼 죽어버려! 그럼 내가 말해주지. 내게는 예쁜 딸이 있었어. 그런데 내 아이를 빼앗아간 거야. 이집트 여자들이 말이야. 너는 네가 죽어야 하는 걸 잘 알겠지. 네 어머니인 이집트 여자가 너를 찾으러 오면 나는 교수대를 보라고 말해줄 테야. 죽기 싫다면 내 아이를 돌려줘. 너는 그 애가 어디에 있는지 알지? 자, 네게 보여줄 게 있어. 여기 그 애의 신발이 한 짝 있어. 내게 남아 있는 것은 그게 전부야. 나머지 한 짝이 어디 있는지 알지? 안다면 말해다오. 세상 끝까지라도 무릎으로 기어 찾으러 갈 테니."

그녀는 그렇게 말하면서 창 밖으로 손을 내밀어 이집트 여자에게 수가 놓인 작은 신발을 보여주었다. 꽤 날이 밝아 있었기 때문에 신발의 모양과 색을 구분할 수 있었다.

"그 신발을 보여주세요."

이집트 여자는 몸을 떨며 말했다. 동시에 자유로운 한쪽 손으로 목에 걸고 있던 푸른색 유리세공품으로 장식된 작은 주머니를 힘껏 열었다.

"그래! 그래! 사탄의 부적을 뒤져봐라!"

귀뒬은 소리를 지르다가 갑자기 말을 멈추고 온몸을 부르르 떨었다. 그러고는 폐부의 가장 깊은 곳에서 솟구쳐 나오는 듯한 소리로 외쳤다.

"내 딸아!"

이집트 여자가 작은 주머니에서 다른 한 짝과 완전히 똑같은 신발 한 짝을 막 꺼낸 참이었다. 신발에 붙어 있는 양피지 위에는 다음과 같은 글귀가 씌어 있었다.

같은 짝이 발견될 때

너의 엄마가 네게 팔을 뻗치리라.

"내 딸아!"

"어머니!"

이집트 여자가 부르짖었다. 이 장면은 더 이상 묘사하지 않겠다.

그런데 벽과 쇠창살이 그들 둘 사이를 가로막고 있었다.

"오, 이 망할 놈의 벽! 널 보고도 안을 수 없다니! 네 손을 다오!
네 손을 다오!"

귀뒬은 이마 위로 흘러내린 긴 머리카락을 쓸어 올리고는, 아무
말 없이 사자보다도 더 맹렬한 기세로 쇠창살을 흔들기 시작했다.
쇠창살은 꼼짝도 하지 않았다. 그러자 그녀는 방 한구석으로 가서
베개로 쓰는 큰 돌을 찾아와 창살을 향해 힘껏 던졌다. 쇠창살은
불꽃을 튀기면서 부러졌다. 그녀는 다시 창살의 녹이 슨 토막을 두
손으로 무너뜨려 완전히 벌려놓았다. 그 순간 한 여인의 손이 초인
적인 힘을 발휘한 것이다.

에스메랄다가 방으로 들어오자 그녀는 딸을 안아 살며시 바닥에
내려놓고는 마치 어린 아네스를 대하듯이 두 팔로 껴안았다. 귀뒬은
좁은 방안을 서성이면서 도취된 듯 기쁨에 넘쳐 소리치고 노래하며
딸에게 입을 맞추었고, 웃음을 터뜨리다 갑자기 울기도 했다. 온갖
감정이 한꺼번에 나타나고 있는 것이었다.

"내 딸아! 너는 내 딸이다! 그 애가 여기에 있어! 신이 나에게 그
애를 돌려주셨어. 그 애는 얼마나 예쁜지 몰라. 예수님, 당신은 제게
그 애를 15년이나 기다리게 하셨습니다. 하지만 그 세월은 그 애를

아름답게 만들어 제게 돌려주기 위함이었습니다. 그럼, 이집트 여자들이 그 애를 잡아먹은 것이 아니었어! 누가 그것을 말해주었니? 내 어린 딸아! 내게 입 맞추어다오. 용서해다오, 아네스. 용서해다오. 너는 내가 고약하다고 생각했지? 나는 너를 사랑한다. 네 목에 달린 주머니를 항상 간직하고 다녔니? 그렇구나. 너는 정말 사랑스러운 아이야."

그녀는 딸에게 수많은 기묘한 이야기를 들려주었고, 가엾은 처녀의 옷매무새를 그녀가 얼굴을 붉힐 때까지 매만졌다. 또 넋을 잃은 듯한 눈길로 그녀의 비단결 같은 머리칼을 어루만지고, 발과 무릎, 이마, 눈에 입을 맞추었다. 처녀는 어머니가 하는 대로 내버려두며 이따금 낮은 목소리로 한없이 부드럽게 속삭였다.

"어머니!"

마침내 처녀는 흥분 속에서 말할 힘을 되찾았다.

"오, 어머니! 이집트 여자가 유모처럼 저를 항상 보살펴주었어요. 바로 그녀가 그 주머니를 목에 걸어주었어요. 그리고 항상 제게 말했어요. '애야, 이 보석을 잘 간직해라. 이 보석이 네게 어머니를 되찾아줄 거다. 너는 네 어머니를 목에 지니고 있는 거야.' 이집트 여자가 제게 그렇게 말해주었어요."

귀딜은 다시 손뼉을 치며 웃고 소리쳤다.

"우리는 이제 행복해질 거야!"

그때 창칼이 서로 부딪치고 말들이 뛰어오는 소리가 노트르담 다리에 이르자 강변으로 점점 다가오는 듯이 방안으로 울려 퍼졌다.

이집트 여자는 불안에 사로잡혀 수녀의 품안으로 뛰어들었다.

"절 구해주세요! 절 구해주세요! 어머니! 그들이 오고 있어요!"

은둔자는 얼굴이 창백해졌다.

"오, 하느님! 뭐라고 했니? 내가 잊고 있었구나! 네가 쫓기고 있다는 것을! 대체 무슨 일을 저질렀니?"

"모르겠어요. 하지만 저는 죽게 되어 있어요."

불행한 아이가 대답했다.

"죽는다고! 죽는다고!"

귀뒬은 벼락이 치는 가운데 서 있는 것처럼 비틀거리며 되풀이해 말했다. 그녀의 시선은 딸을 향해 고정되어 있었다.

"예, 어머니. 그들이 저를 죽이려 해요. 저 교수대는 저를 노리고 있는 거예요. 절 구해주세요! 절 구해주세요! 그들이 오고 있어요. 절 구해주세요!"

소녀는 얼이 빠져 말했고, 은둔자는 화석처럼 굳어져 한동안 꼼짝 않고 있었다. 그러더니 수녀는 믿기 어렵다는 듯 고개를 가로젓다가 느닷없이 웃음을 터뜨렸다.

"호오! 아니야! 네가 말한 것은 꿈이야. 오! 그래! 나는 아이를 잃었고 15년의 세월이 흘렀어. 그리고 그 애를 되찾았는데 그 기쁨이 단 일 분밖에 가지 않을 것이라니. 그게 꿈이 아니면 뭐지? 내게서 아이를 다시 데려가려 한다니!"

얼마 후 기마행렬이 멈춘 듯했다. 조금 떨어진 곳에서 목소리가 들려왔다.

"이리로 오십시오, 트리스탕 나리! 이집트 여자가 이곳에 있을 거라고 신부가 그랬습니다."

말들이 뛰는 소리가 다시 들렸다. 은둔자는 절망스러운 소리를 지르며 일어섰다.

"너를 구할 테다! 너를 구할 테야, 내 아가!"

그녀는 창 밖으로 머리를 내밀어 사방을 살피고는 경련이 일듯이 딸의 손을 꼭 잡으며 낮고 짧으면서 침통한 목소리로 말했다.

"여기 그대로 있어야 한다. 그대로 있어! 숨도 쉬지 마라! 사방에 군인들이 있어. 나와서는 안 돼. 날이 너무 밝아."

그녀는 딸을 잘 숨겼다고 생각하자 좀더 침착해져서 무릎을 꿇고 기도했다. 날이 막 새기 시작한 터라 은둔자의 좁은 방에는 아직 어둠이 짙게 깔려 있었다. 그 순간 신부의 끔찍한 외침 소리가 방 가까운 곳에서 들려왔다.

"페뷔스 드 샤토페르 대장, 이리로 오시오!"

페뷔스라는 이름에 방 한쪽 구석에 웅크리고 있던 에스메랄다가 동요했다.

"움직이지 마라!"

귀딀이 말했다. 얼마 후 지휘관인 듯한 사람이 말에서 내려 그녀에게로 다가와 말했다.

"노파는 들어라. 우리는 마녀를 잡아 목매달러 왔다. 네가 마녀를 데리고 있다는 말을 들었다."

가엾은 어머니는 할 수 있는 한 가장 태연한 모습으로 대답했다.

"무슨 말씀을 하시는 건지 모르겠는데요."

"제기랄, 그럼 그 정신없는 부주교가 대체 뭐라고 한 거야? 그 사람 어디에 있어!" 하고 또 다른 사람이 말했다.

"사라지고 없습니다." 하고 병사가 말했다.

"미친 할망구야, 거짓말 마라. 마녀를 붙들고 있으라고 네게 맡겼다고 하잖아."

지휘관이 말했다. 은둔자는 더 의심을 살지 모른다는 두려움에 모든 것을 부정하지는 않기로 하고 험악하며 퉁명스러운 어투로 대답했다.

"방금 전 내 손에 들려준 대단한 마녀에 대해 말씀하시는 것 같은데, 그 년이 내 손을 물어뜯는 바람에 놓쳐버렸소. 쉬고 싶으니 이만 가주시게나."

"내게 거짓말할 생각은 버려라. 내 이름은 트리스탕 레르미트다."

"당신은 이제 사탄 레르미트요. 나는 당신에게 달리 말해줄 게 없소. 나는 당신이 무섭지 않소."

희망을 되찾은 귀뒬이 응수했다.

"빌어먹을, 이런 막무가내 여자가 있나! 도대체 그 년이 어디로 갔지?"

"무통 거리로 갔을 거요."

귀뒬이 그쪽을 손가락으로 가리키며 말하자, 트리스탕은 고개를 돌려 병사들에게 떠날 채비를 하라는 신호를 보냈다. 은둔자는 안도했다.

가엾은 처녀는 밖에서 소동이 일어나는 중에도 죽음이 가까이 있다는 생각에 숨을 죽인 채 꼼짝 않고 방 한구석에서 숨어 있었다. 그녀는 귀퉐과 트리스탕 사이의 말을 하나도 놓치지 않았다. 불안으로 어머니의 가슴이 내려앉을 때마다, 그 느낌은 그녀에게 고스란히 전해졌다. 그러던 중에 사법관에게 말하는 어떤 목소리가 들렸다.

"이런! 사법관님, 마녀를 목매다는 일은 군인인 내가 할 일이 아니오. 나는 내 부대로 돌아가는 것이 좋겠소. 그들은 지휘관 없이 주둔하고 있소."

그 목소리는 페뷔스 드 샤토페르의 것이 틀림없었다. 그녀의 마음속에 말로 표현할 수 없는 어떤 것이 흘러갔다. 그 사람이 바로 저기에 있다. 그녀의 친구이자 보호자, 안식처인 페뷔스가 이곳에 있다! 그녀는 일어섰고 어머니가 미처 말릴 틈도 없이 창으로 뛰쳐나가 외쳤다.

"페뷔스! 나예요! 오! 페뷔스!"

페뷔스는 벌써 그곳에 있지 않았다. 그는 빠르게 말을 몰아 쿠텔르리 거리의 모퉁이를 막 지난 터였다. 하지만 트리스탕은 아직 떠나지 않고 그곳에 있었다. 은둔자는 울부짖으며 딸에게 뛰어들었다. 그녀는 격렬하게 딸을 뒤로 끌어내렸다. 하지만 너무 늦어버렸다. 트리스탕이 그녀를 본 것이었다.

"허! 허! 쥐 두 마리가 쥐덫에 걸려들었군!"

그가 이렇게 소리치며 치아를 들어내고 웃음을 터뜨리자 그의 얼굴은 마치 늑대의 낯짝과 흡사해 보였다.

"그럴 줄 알았습니다."

병사가 말했다.

"넌 훌륭한 고양이다! 자, 앙리에트 쿠쟁은 어디에 있지?"

트리스탕이 병사의 어깨를 두드리며 말했다. 앙리에트 쿠쟁은 병사들의 제복을 입지 않았고 그들과 용모도 달랐다. 그는 회색과 갈색으로 나뉜 옷을 입고 있었으며 손에는 밧줄 꾸러미가 들려 있었는데, 항상 트리스탕과 루이 11세를 따라다니는 인물이었다. 드디어 앙리에트 쿠쟁이 작은 창으로 다가왔다. 그는 독기를 품은 어머니의 눈을 감히 똑바로 쳐다보지 못했다. 그가 무척 주저하며 말했다.

"부인……"

"뭘 원하는 거냐?"

그녀가 낮고 거친 목소리로 물었다.

"당신이 아니라, 다른 사람이오."

"누구 말이냐?"

"젊은 여자 말이오."

"여긴 아무도 없다! 아무도 없다니까!"

그녀가 머리를 흔들며 소리쳤다.

"분명히 있소. 그 여자를 데려가도록 해주시오. 나는 당신을 해칠 생각은 없소."

"그럼 머리를 내밀어 직접 보면 될 게 아니냐!"

은둔자가 비웃으며 말했다.

"서둘러라!"

트리스탕은 두 여자가 머물고 있는 작은 방 주위에 병사들을 빙 둘러 배치시켜놓고 외쳤다. 앙리에트가 난처한 표정으로 사법관에게 다시 돌아왔다. 그는 밧줄을 바닥에 내려놓고 서투른 태도로 모자를 빙빙 돌리며 물었다.

"어디로 들어가면 되겠습니까?"

"문으로."

"문이 없는걸요."

"그럼 창문으로."

"너무 좁은걸요."

"넓히면 되잖아. 곡괭이 없나?"

화가 치민 트리스탕이 말했다. 어두운 소굴 안에서는 어머니가 여전히 뒤로 물러선 채 창문 쪽을 응시하고 있었다. 그녀는 이제 더이상 아무런 희망이 없었다. 그녀는 자신이 바라는 것이 무엇인지도 몰랐지만, 다만 딸을 빼앗기지 않으려는 마음만은 분명했다.

"벽을 뚫어라!"

마침내 트리스탕이 외쳤다. 입구를 넓게 내기 위해서는 창문 아래 있는 돌들을 뜯어내는 것으로 충분했다. 어머니는 곡괭이와 지레가 창문을 파헤치는 소리가 들리자 두려움에 사로잡혀 소리를 지르면서 작은 방으로 재빠르게 돌아섰다. 그녀는 더 이상 아무 말도 하지 않았지만 눈에는 불꽃이 타올랐다. 병사들의 마음은 두려움에 얼어붙었다.

"돌을 걷어내라. 더 이상 붙들고 있는 사람은 없다."

트리스탕이 말했다. 지렛대가 무거운 돌을 들어냈다. 그녀는 몸을 던져 돌을 붙들려 했다. 하지만 육중한 돌덩이는 여섯 명의 사람이 움직이는 힘에 못 이겨 지렛대를 따라 살며시 바닥에 미끄러져 내렸다. 어머니는 입구가 열리는 것을 보며 그 앞으로 쓰러졌다.

"사람 살려! 불이야! 불이야!"

어머니는 쉰 목소리로 소리 질렀다.

"이제 여자를 끌어내라."

트리스탕은 여전히 냉정한 태도로 말했다. 하지만 병사들은 성난 사자 같은 귀딜의 기세에 한참을 주저한 끝에야 앞으로 나아갔다. 은둔자는 그들이 다가오는 것을 보자 갑자기 무릎으로 일어나 머리칼을 거두어 올리고는 비쩍 마른 두 손을 떨어뜨렸다. 그러자 두 줄기의 굵은 눈물이 뺨을 타고 흘러내렸다. 동시에 그녀는 너무나 온순하면서도 가슴을 에는 듯한 목소리로 애원했기 때문에 무시무시한 간수조차 눈물을 훔칠 정도였다.

"나리들! 제발 제 말을 들어주세요! 저 애는 제 딸입니다. 제가 15년이나 잃어버리고 살았던 사랑스러운 딸입니다. 제발 제가 살아온 사연을 들어주세요."

귀딜은 그녀가 살아온 사연을 하나도 빠짐없이 모두 이야기했다. 그녀가 이야기를 마치자 트리스탕 레르미트는 눈살을 찌푸렸는데, 그것은 호랑이 같은 눈에서 흘러내리는 눈물을 감추기 위함이었다. 하지만 그는 약해지는 마음을 이겨내고서 짧게 말했다.

"왕의 뜻이다."

그러고는 몸을 숙여 앙리에트 쿠쟁의 귀에다가 낮은 소리로 말했다.

"빨리 끝내!"

사형집행인과 병사들은 방안으로 들어갔다. 어머니는 아무런 저항 없이 딸에게로 몸을 돌려 달려갔다. 이집트 여자는 병사들이 다가오는 것을 보았다. 죽음의 공포에 그녀는 정신이 번쩍 들었다.

"어머니! 어머니! 그들이 와요. 절 지켜주세요!"

그녀는 뭐라 말할 수 없는 비탄에 잠겨 소리쳤다.

"그래, 내 딸아! 내가 널 지켜주마!"

어머니는 꺼져가는 목소리로 말하면서 딸을 꼭 끌어안고 입을 맞추었다. 두 사람은 그렇게 바닥에 앉아 있었다. 서로 얽혀 있는 모녀의 모습은 충분히 동정을 살 만했다. 사형집행인은 두 사람을 따로 떼어내어 끌고 가려 했다. 하지만 어머니가 딸에게 너무나 강하게 달라붙어 있어서 둘을 떼어놓을 수가 없었다. 그래서 앙리에트 쿠쟁은 두 사람을 한꺼번에 끌어낼 수밖에 없었다.

날이 밝았다. 벌써 꽤나 많은 사람들이 광장에 모여들어 멀리서 지켜보고 있었다. 그것이 트리스탕의 사형집행 방식이었다. 그는 구경꾼들이 다가오는 것을 막으려는 습성이 있었다. 창문에는 아무도 없었다. 단지 멀리서 바라보는 사람들만이 있었다. 또한 그레브 광장을 향해 있는 노트르담 첨탑 꼭대기에서 두 사람이 그 광경을 지켜보고 있는 것 같았다.

사형집행인은 젊은 여자를 어깨에 메고 사다리를 오르기 시작했다. 그 순간 어머니는 갑자기 눈을 번쩍 뜨고서 맹렬하게 달려들어 사형집행인의 손을 물어뜯었다. 순식간에 일어난 일이었다. 사형집행인은 고통에 울부짖었다. 사람들이 뛰어들어 어머니의 이빨 사이에 물려 있는 그의 피 묻은 손을 간신히 떼어냈다. 그녀는 다시 깊은 침묵에 빠졌다. 사람들이 그녀를 거칠게 떠밀었다. 그녀의 머리가 포석 위로 무겁게 떨어졌다. 사람들이 그녀를 일으켜 세웠지만 다시 쓰러졌다. 그녀는 죽어 있었다.

그 와중에서도 젊은 여자를 놓치지 않았던 사형집행인은 다시 사다리를 오르기 시작했다.

28. 프롤로의 죽음

"아, 저 모든 것을 나는 사랑했었는데!"

콰지모도는 에스메랄다가 더 이상 그 방에 없으며 그가 그녀를
지켜내는 동안 누군가 그녀를 데려갔음을 알게 되자, 머리를 두 손
으로 쥐어뜯으며 놀라움과 고통으로 발을 굴렀다. 그는 성당을 뛰
어다니며 보헤미아 여자를 찾았고, 그녀가 있을 법한 구석구석을
돌아다니며 괴성을 질렀다. 바로 그 순간에 왕의 근위대가 승리의
함성을 지르며 노트르담 성당에 진입하여 이집트 여자를 찾았다.
콰지모도는 그들을 도왔다. 가엾은 귀머거리는 그녀를 붙잡아 교수
대에 세우려는 그들의 의도를 알지 못했다. 그는 이집트 여자의 적
은 거지 떼들이라고 생각했다. 만일 불행한 여인이 아직 그곳에 있
었다면 그는 그녀를 그들에게 넘겨줄 판이었다. 콰지모도는 혼자서
도 계속 그녀를 찾았다. 그는 같은 장소를 계속 둘러보았고, 고개를
떨군 채 아무런 말도 눈물도 한숨도 없이 그녀를 찾기에만 열중했

다. 측랑의 지붕으로 나 있는 회랑의 모퉁이에서 그는 작은 창과 문이 달린 아담한 방을 다시 보고 말았다. 그 방은 아치 모양의 지주 아래쪽에 있었는데, 마치 나뭇가지 위에 만들어놓은 새의 보금자리 같았다. 그는 그곳에 다가갈 용기가 나지 않았다. 그는 떨어지지 않으려고 기둥에 바싹 붙었다. 그리고 마침내 용기를 되찾아 발을 곤추세우고 조금씩 앞으로 나아가 방으로 들어갔다. 아무도 없었다! 그곳은 텅 비어 있었다. 그는 분을 이기지 못해 들고 있던 횃불을 내던져 발로 밟아버리더니, 숨도 내뱉지 않고서 머리를 벽 쪽으로 들이민 채 맹렬한 속도로 달려들었다. 그러고는 정신을 잃고 바닥 위로 쓰러졌다.

그는 혼란스러운 꿈속에서 이집트 여자를 납치해간 자가 누구인지 찾으려고 애쓰다가 마침내 부주교를 떠올렸다. 그는 텅 빈 요람과 검은 관 사이에 앉아 있는 어머니보다도 더 침울한 생각에 잠겨 몇 시간 동안 미동도 없이 앉아 있었다. 그러다가 부주교가 에스메랄다의 방으로 이르는 계단의 유일한 열쇠를 가지고 있다는 것을 떠올렸다. 모든 정황을 수없이 되풀이해 헤아려본 결과, 부주교가 이집트 여자를 적에게 넘겨주기 위해 데려간 것임에 더 이상 의심의 여지가 없었다. 그의 생각이 부주교에게로 굳어져 기울어질 때였다. 마침 날이 밝아오기 시작하면서, 노트르담의 가장 높은 층, 성당 뒤편을 둘러싸며 바깥 난간을 이루고 있는 굴곡부위에서 누군가 걸어오고 있는 것이 보였다. 그 사람은 가까이에 있었다. 그는 그 사람을 알아보았다. 부주교였다. 클로드 프롤로는 무겁고 느린 걸음으로 다가왔다. 그는 앞을 쳐다보지 않은 채 곧장 북쪽 첨탑으로 향했다. 그러다가 눈길을 돌려 센 강 우안 쪽을 바라보았다. 콰지모도는 일어서서 부주교의 뒤를 따라갔다.

콰지모도는 살금살금 걸어 부주교에게 다가가 그가 무엇을 보고 있는지 알려고 했다. 신부는 너무나 몰두하여 아래쪽을 내려다보고 있었던 나머지 귀머거리가 다가오는 소리를 전혀 듣지 못했다. 콰지모도가 첨탑 사이에 피워놓은 장작불은 꺼져 있었다. 광장은 이미 말끔하게 청소되어 있었다. 시체들은 센 강에 버려진 뒤였다. 첨탑 위 하늘에서는 작은 새들이 노래를 부르며 지나갔다. 하지만 부주교는 아무 것도 듣고 보지 않았다. 그에게는 아침도 새들도 꽃들도 아무런 의미가 없었다. 무수한 광경이 펼쳐져 있는 광활한 지평선에서 그의 시선은 오직 한 곳에 고정되어 있었다. 콰지모도는 그가 이집트 여자를 어떻게 했는지 묻고 싶은 마음이 간절했다. 하지만 그 순간 부주교는 다른 세상에 있는 것 같았다. 그의 침묵과 돌같이 굳어 있는 모습은 극심한 공포를 자아냈기 때문에 난폭한 귀머거리조차 그 앞에서 얼어붙었다. 그는 감히 신부에게 다가가지 못했다. 단지 그 앞에서 서성거리는 것이 유일한 질문 방식이었다. 꼽추의 눈길은 신부의 시선을 따라가다 그레브 광장 위에 꽂혔다. 그도 신부가 보고 있는 것을 보았다.

사다리는 사형대 위로 펼쳐져 있었다. 광장에는 군중과 많은 군인들이 모여 있었다. 한 남자가 포석 위로 무언가 하얀 물체를 끌고 갔다. 그 물체에는 검은색으로 된 무언가가 걸려 있었다. 남자는 사다리를 오르기 시작했다. 콰지모도는 그 광경을 똑똑히 보았다. 남자는 한 여자를 어깨에 둘러메고 있었는데, 여자의 목에는 매듭이 걸려 있었다. 콰지모도는 그녀를 알아보았다. 바로 그녀였다! 남자가 사다리 위에까지 다다랐다. 그곳에서 그는 매듭을 조절하고 있었다. 신부는 더 잘 보기 위해 난간 위에 무릎을 꿇고 앉았다. 남자가 별안간 사다리를 발로 툭 차버리자, 여자의 몸은 땅으로부터 두 길 높이쯤에서 밧줄에 매달려 여러 번 빙글빙글 돌았다. 콰지모도는 이집트 여자의 몸을 따라 끔찍한 경련이 이는 것을 보았다. 신부는 목을 내밀고는 두 남녀가 연출해내는 이 끔찍한 광경을 뚫어져라 쳐다보았다. 가장 끔찍한 순간에 사탄의 웃음이, 인간이기를 포기한 사람만이 보일 수 있는 웃음이 신부의 창백한 얼굴에서 터졌다. 콰지모도는 웃음소리를 듣지는 못했지만 그 모습을 분명히 보았다. 종지기는 한 발짝 물러서더니 부주교에게 맹렬한 기세로 달려들어 억세고 큰 두 손으로 그의 등을 깊은 구렁으로 떠밀어버렸다. 클로드 프롤로는 몸이 아래로 기울어지더니 소리를 지르며 떨어졌다.

"제기랄!"

신부는 낙수 홈통에 걸려 허공에 매달렸다. 그는 그곳에서 필사적으로 사투를 벌였다. 잠시 후 그의 머리 위 난간 가장자리에서 콰지모도의 복수심에 불타는 얼굴이 보였다. 그는 입을 다물었다. 깊은 구렁이 바로 그의 아래에 있었다. 200피트 이상을 추락하면 바닥이었다. 콰지모도가 그를 심연에서 끌어내리고만 했다면 손을 뻗는 것만으로 충분했다. 하지만 그는 신부를 쳐다보지도 않았다. 그는 이집트 여자를 보고 있었다. 귀머거리는 조금 전까지 부주교가 있던 자리에 팔꿈치를 기대고는, 지금 이 순간 그에게 존재하는 유일한 대상인 그녀에게서 단 한 번도 눈길을 떼지 않았다. 그는 마치 벼락을 맞은 사람처럼 꼼짝하지 않았고, 입도 열지 않았다. 오직 한 줄기 눈물만이 그의 외눈에서 조용히 흘러내렸다.

콰지모도가 그레브 광장을 보고 있는 동안, 부주교는 허공에 매달려 숨을 헐떡이고 있었다. 그의 벗겨진 이마에는 땀이 비 오듯 흘렀고, 튀어나온 돌을 붙잡고 있는 손톱 사이로는 피가 흘러내렸다. 두 무릎은 벽에 쏠리면서 벗겨졌다. 두 사람의 침묵에는 각기 무언가 무서운 것이 있었다. 신부가 그와 얼마 떨어지지 않은 곳에서 참혹한 모습으로 빈사상태에 놓여 있는 동안, 콰지모도는 눈물을 흘리며 여전히 그레브 광장을 바라보고 있었다. 신부는 자신이 매달려 있는 약한 버팀목을 쳐다보면서 더 이상 움직여서는 안 되겠다고 생각했다. 그는 낙수 홈통을 붙잡고서 숨을 간신히 몰아쉬며 더 이상 움직이지 않았다. 이제 유일한 움직임이라고는 사람들이 추락하는 꿈을 꿀 때 겪을지도 모를 복부의 일정한 경련밖에 없었다. 그는 자신처럼 낭떠러지에 매달려 있는 무심한 조각상들을 바라보았다. 하지만 그것들에는 공포심도, 그에 대한 어떤 동정심도 없었다. 사방이 돌로 된 조각상들이었다. 눈앞에는 입을 크게 벌린 괴수들이 있었고, 저 멀리 아래쪽에는 광장과 포석이 그를 기다리고 있었다. 그리고 머리 위쪽에서는 콰지모도가 눈물을 흘리고 있었다.

파비스 광장에는 몇몇 호기심 많고 용감한 사람들이 있었는데,

그들은 이상한 모양새로 허둥대는 광대가 어떻게 될지 알려고 애썼다. 그들의 말소리는 가늘고 분명하게 신부의 귀에까지 들려왔다.

"저 사람 목이 부러지겠는걸!"

콰지모도는 여전히 눈물을 흘리고 있었다. 마침내 부주교는 분노와 공포로 거품을 물며 모든 것이 부질없음을 깨달았다. 하지만 남아 있는 모든 힘을 다해 마지막 노력을 쏟아 부었다. 그는 무릎으로 벽을 밀치며 돌들 틈새에 악착같이 매달렸다. 그리고 다리로 다시 기어오르게 되었다고 생각하는 순간, 그가 기대고 있던 납으로 된 부리 모양의 물체가 구부러졌다. 그와 동시에 신부의 검고 긴 옷자락이 찢겨졌다. 그러자 발아래 아무 것도 디딜 데가 없다는 생각이 든 이 운 없는 사내는 눈을 감고 낙수 홈통을 놓아버렸다. 콰지모도는 그가 떨어지는 것을 보았다. 허공에 던져진 부주교는 손을 뻗은 채 거꾸로 떨어졌다. 추락하는 동안 그의 몸이 여러 차례 돌았다. 높은 곳에서 이는 바람 때문에 그는 지붕 쪽으로 몸이 쏠렸고, 그곳에서 먼저 몸이 부러졌다. 그의 몸은 지붕 위에서 빠르게 미끄러지더니, 떨어져 나온 기와처럼 포석 위에서 튀어 올랐다. 그곳에서 그는 더 이상 움직이지 않았다.

콰지모도는 다시 눈을 들어 교수대에 매달려 있는 이집트 여자를 보았다. 흰옷을 입은 그녀의 몸은 단말마의 고통 속에서 경련을 일으키며 부들부들 떨고 있었다. 그는 다시 눈길을 아래로 돌려 탑 아래에 누워 있는 부주교를 보았다. 부주교는 더 이상 사람의 형체를 지니고 있지 않았다. 콰지모도는 감정이 복받쳐 올라 흐느끼며 말했다.

"아, 저 모든 것을 나는 사랑했었는데!"

29. 에필로그

같은 날 저녁 무렵 주교의 법무관들이 파비스 광장으로 부주교의 흩어진 시신을 수습하러 왔을 때, 콰지모도는 노트르담에서 사라지고 없었다. 이 사건에 대해 흉흉한 소문이 돌았다. 계약에 따라 사탄인 콰지모도가 마법사인 클로드 프롤로를 데려가기로 한 날이 온 것임에 틀림없다는 것이었다. 콰지모도가 그의 영혼을 빼앗아가기 위해 그의 육체를 부숴버린 것이라고도 했다. 마치 원숭이들이 씨앗을 빼먹기 위해 호두 껍데기를 깨듯이 말이다. 그런 이유로 부주교는 성지에 묻히지 못했다.

그랭그와르에 대해 말하자면, 그는 염소를 구해냈고 연극에서 상당한 성공을 거두었다. 그는 철학과 건축, 연금술 등 여러 무모한 일에 심취했지만 결국 그중 가장 어릿광대짓이라 할 수 있는 비극으로 돌아왔다. 말하자면 그가 말하는 비극의 결말을 맺은 것이다. 페뷔스 드 샤토페르는 그의 아름다운 사촌 플뢰르 드 리스와 성대한 결혼식을 치렀다. 그들은 행복했다고 전해진다. 하지만 어떤 사람들은 활기 넘치던 장교의 기질이 변했다고도 말했다. 그는 이따금 얼이 빠진 사람처럼 멍해 보이기도 했고 때로는 눈을 감고 심각한 표정을 짓기도 했다.

콰지모도가 사라진 뒤 그를 본 사람이나 그가 어떻게 되었는지 아는 사람은 아무도 없었다. 에스메랄다가 처형된 날 밤, 잡역부들은 그녀의 시신을 교수대에서 끌어내려 관례에 따라 몽포콩의 지하실에 가져다놓았다. 몽포콩은 "왕국에서 가장 오래되고 가장 웅장한 교수대였다." 파리 외곽지대의 완만하면서 눈에 띄지 않는 언덕 위에 있는 이 기이한 형태의 건축물은 켈트족의 거석비와도 상당히 흡사했다. 1328년까지 거슬러 올라가는 이 어마어마한 교수대는 15세기말에 이미 상당히 낡아 있었다. 대들보는 벌레가 먹었고 사슬은 녹이 슬었으며 기둥에는 푸른곰팡이가 피어 있었다. 이 흉흉한 건축물의 토대를 이루고 있는 거대한 돌들은 내부가 비어 있었다. 그곳에는 거대한 지하실이 있었다. 낡은 쇠창살로 닫혀 있는 지하실에는 몽포콩의 쇠사슬에서 풀려난 시체들의 잔해들뿐 아니라 파리에 세워진 또 다른 교수대에서 죽어간 수많은 시신들이 버려져 있었다. 뿐만 아니라 이 깊은 납골당에서는 수많은 인간들의 유골들과 수많은 죄악이 함께 썩어갔으며, 무수히 많은 사람들과 죄 없는 사람들의 뼈가 끊임없이 쌓여갔다.

콰지모도가 홀연히 사라진 뒤 그의 행방에 대한 비밀도 결국 이곳에서 풀 수 있었다. 두 사람의 죽음과 한 사람의 실종 이후로 18개월에서 2년 정도가 흘렀다. 몽포콩의 지하실에 올리비에 르 뎅의 시신을 찾으러온 사람들이 있었다. 그는 샤를 8세의 은혜로 생 로랑에 매장될 수 있게 된 것이었다. 그들은 흉악한 해골들 사이에서 기이한 모습으로 서로 얽혀 있는 두 구의 유골을 발견했다. 그 중 하나는 여자의 유골이었는데, 찢어지고 퇴색한 흰색 옷감이 아직 붙어 있었고 목에는 작은 비단 주머니와 더불어 녹색 유리세공품으로 장식된 구슬 목걸이가 걸려 있었다. 비단 주머니는 입구가 열린 채 비어 있었다. 그 물건은 별로 가치가 없다고 여겨져서 사형집행인도 가져갈 생각이 없었을 것이다. 다른 하나는 상대를 힘껏 끌어안고 있는 남자의 유골이었다. 그 유골은 특이하게 척추가 휘어 있었고 두개골은 어깨 쪽으로 들어가 있었으며 한쪽 다리가 다른 쪽보다 짧았다. 그런데 그 유골의 주인공은 목 부위에 어떤 손상도 입지 않은 것으로 보아 교수대에서 죽지 않은 것이 분명했다. 그렇다면 그는 이곳으로 와서 죽은 것이었다. 누군가가 여자의 유골을 꼭 껴안고 있는 남자의 유골을 상대방으로부터 떼어놓으려고 하자, 남자의 유골은 가루가 되어 부서져 내렸다.

소설과 뮤지컬로 함께 보는
노트르담 드 파리

[소설 작품 해설]

모두가 살아 있다! 모두가 영혼으로 가득하다

빅토르 위고의 생애와 작품

[뮤지컬 작품 해설]

프랑스 뮤지컬의 새 장을 열다

뮤지컬 노트르담 드 파리 열 배 즐기기

뮤지컬 노트르담 드 파리 속으로

모두가 살아 있다! 모두가 영혼으로 가득하다

- V. 위고의 『정관시집』 중에서

빅토르 위고Victor Hugo의 『노트르담 드 파리Notre-dame de Paris』는 프랑스 고전문학 중에서도 가장 잘 알려진 역사소설이다. 설령 '노트르담 드 파리'는 모르더라도 '노트르담의 꼽추'는 길 가는 초등학생들에게 물어보아도, "아, 등에 혹 난 사람 맞죠? 미국 책인가? 프랑스 책인가?" 하면서 대부분 고개를 끄덕인다. 2002년 2월 26일, 위고 탄생 200주년을 기념하기 위해 초등학교를 망라한 프랑스의 모든 학교의 첫 시간은 그의 작품 낭독으로 시작되었다. 당시 우리 편역자들은 프랑스 국민들의 그런 호들갑을 조금은 시샘하면서, 결국 프랑스를 대표하는 작가로 위고를 내세우면 무난하지 않겠느냐는 이야기를 한 적이 있었다. 그리고 이야기를 하는 도중에 새로이 알게 된 사실이 하나 있었다. 콰지모도와 에스메랄다의 애틋한 사랑에 대해 한 마디씩 평도 했던 탓에 서로 『노트르담 드 파리』를 읽은 줄 알았는데, 아무도 읽지 않았다는 사실이었다. 그 애틋한 사랑에 대한 소감은 프랑스 문학을 강의하는 우리 또한 초등학교 때 본 국적 불명의 무슨 만화영화에서 비롯된 아련한 추억과 오해 같은 것이었다. 물론 여기저기 문학사 책에서 얻어 읽은 정보들도 한몫했을 것이다. 그래서 변명 같지만, 사람들에게 너무 많이 알려져서 도리어 지나쳐버린 그 소설을 얼른 읽어보려 했는데, 이건 웬걸? 6백 쪽이 넘는 깨알 같은 글씨에 중세 시대의 방언과 곁말, 그리고 읽는 사람이 기진할 정도로 호흡이 긴 문장들에 당장 압도당했다. 그럼에도 『노트르담 드 파리』를 줄기차게 열독熱讀할 수 있었던 것은, 그속에 등장하는 숙명적인 인물들과 중세기의 군중과 광경에 대한 묘사들이 우리의 영혼을 사로잡았기 때문이다. '영혼을 사로잡았다'라는 표현은 위고가 몸담고 있었던 19세기식의 남세스러운 표현이기도 하다. 하지만 영혼까지 들먹여야 하는 그런 표현이 정확하게 내려 꽂히는 순간을 우리는 이따금씩 경험하게 된다. 그 순간은 사랑이, 어떤 사랑의 이야기가 존명存命에 맞닿아 있는, 그리고 그러한 것을 경험한 인물들의 마음의 상처와 환희가 우두자국처럼 인각된 문장들과 아주 오랜 만에 맞닥뜨릴 때이다. 『노트르담 드 파리』가 그러했다.

위고는 1828년 11월 15일 파리에 있는 고슬랭Gosselin 출판사와 이 작품을 쓰기로 계약을 맺는다. 하지만 그가 정작 『노트르담 드 파리』를 쓰기 시작한 것은 1830년 7월 25일부터이다. 그 비어 있는 시간을 작품의 배태 기간이라고도 부를 수 있겠는데, 그는 한번 책상 앞에 앉자 자신의 작품에 집중한다. 그리고 이듬해 2월 1일에 작품을 탈고한다. 당시 위고의 집필기간과 과정에 대해 이런 증언이 전해져온다. "작품이 그 작품을 쓰고 있는 작가의 마음을 빼앗았다.

그는 피로도 느끼지 못했고, 다가온 겨울날의 추위도 잊고 있었다. 좀더 집중하기 위해서, 그는 12월 내내 창문을 열어놓고 글을 썼다." (『아델 위고가 말하는 빅토르 위고』) 테오필 고티에가 "이 소설은 진정한 일리아드이다. 오늘부터 이 책은 고전이다"라고 평한 작품을 출간했을 때 위고의 나이는 서른 살이 채 안 됐었다.

유럽의 고딕 예술을 대표하는 노트르담 대성당은, 15세기를 배경으로 하고 있는 이 작품의 한복판에 시종 우뚝 서 있다. 줄거리를 중심으로 하고 있는 우리의 책에서 생살을 베어내듯이 거의 완전히 생략해버린 부분을 밝혀야 하는데, 노트르담 성당 자체에 대한 방대한 고찰, 그 성당에서 내려다본 파리의 조감, 중세의 교회 건축술에 대한 옹호론 등이 바로 그것이다. 1831년 3월 16일 출간된 초판본에도 이 부분이 줄거리의 긴장도를 떨어뜨린다는 이유로 고슬랭에 의해 생략되었다.

이야기가 자아내는 극적인 탄력을 받은 독자가 그 뒤 이야기를 궁금하게 여길 곳곳에, 위고는 이런 '론'적인 설명들을 수십 쪽에 걸쳐서 시치미 뚝 떼고 심어놓고 있다. 중세기 고딕 성당의 장엄함에 대해 이재룡은 다음과 같이 언급하고 있다. "하늘 높이 치솟은 대성당을 그 발치에서 위로 쳐다보면 어떤 장엄함에 압도된다. 그것은 어쩌면 지구 중심에서 멀어지는 모든 것을 잡아당기는 자연의 힘과 그것에 대항하여 위로 솟구치려는 인간 의지 사이에서 벌어지는 팽팽한 긴장, 그 드라마가 주는 느낌인지도 모른다."*

뿐만 아니라 노트르담 성당은 작품의 전개에 가장 중요한 공간과

구심력을 제공한다. 그것은 고딕 성당이 지니고 있는 그 '긴장의 드라마'가 『노트르담 드 파리』에 등장하는 인물들의 마음과 운명 속으로 가지를 치고 있기 때문이다. 다시 말해 이 작품은 당시의 역사 소설 속에서 도식적으로 진행되었던 선악의 이분법적 구분과 도덕적 기준의 잣대를 탈피하고 있다.

위고가 영국의 역사소설가인 월터 스콧에 대한 논평 속에서 결론적으로 삶이란 선과 악, 아름다움과 추함, 높음과 낮음이 서로 섞여드는 기묘한 드라마가 아니었던가라고 묻고 있듯이, 등장인물들의 영혼은 그러한 이중성 속에 편입되면서 운명을 다할 때까지 가차 없이 요동친다. 기괴한 모습과 포악한 성정性情을 지닌 콰지모도가 자신이 사랑하게 된 에스메랄다 앞에서, "제 불행은 제가 아직도 인간을 너무 닮았다는 것입니다. 전 차라리 짐승이었으면 좋겠어요. 저 염소처럼 말이지요!"라고 외칠 때, 이루어질 수 없는 사랑에 대한 그 고통의 절대성은 차라리 숭고함으로 연결된다. 집시 처녀를 사랑하게 되는 또 다른 인물은 콰지모도의 양아버지이기도 한 프롤로 부주교이다. 금욕과 신에 대한 찬양으로 삶을 일관한 그가 연적戀敵을 칼로 찌르고 다음과 같이 말할 때, 여태껏 노트르담 성당의 그림자 속에 자신조차 모르게 숨겨져 있었던 마음의 이중성이 온전하게 드러난다. "사람이 악을 행할 때는 모든 악을 행하지 않으면 안 되는 것이지. 흉악한 일을 하다가 중간에서 멈춘다는 것은 어리석은 일이

---

* 이재룡, 「건축적 상상력」, 『현대문학』, 2004년 6월호, 307쪽.

야! 죄악의 극한에는 기쁨의 열광이 있는 거야. 신부와 마녀는 지하 감옥의 짚단 위에서 황홀경 속으로 녹아들 수가 있는 것이지!"

사랑하고 사랑받고자 하는 욕망 속에서 기괴함과 숭고함이, 금욕과 황홀함이 서로에 대해 필사적으로 저항하지만 결국은 서로 섞여드는 그 두 인물의 만남은 우리 모두의 자화상이 되기도 할 것이다. 꼽추와 신부는 둘 다 아름답고 남의 말을 잘 곧이듣는 그녀를 사랑하려다가, 그녀를 위험에서 구하려다가, 그녀의 따스한 말 한 마디라도 들어보려다가 죽음에 이르고 만다. 그들을 죽음으로까지 몰고 가는 이 모든 사랑의 행위들은 우리가 결국 감내해야 할 숙명^{ANA} $_{\Gamma KH}$이기도 할 것이다. 돌이켜보면 숙명이 삶의 가장 깊숙한 허방과 맞닿아 있을지라도…….

편역하면서 원전의 많은 부분을 정말 생살 도려내듯 훼손했다. 그럼에도 편역을 내고자 한 것은 콰지모도와 에스메랄다의 애틋한 사랑이 아니라, 이 책의 끝에서 콰지모도가 "오! 저 모든 것을 나는 사랑했었는데!"라고 말할 때의 거대한 회한을 부족하나마 전하고 싶었기 때문이다. 원전으로는 V. Hugo, Notre-Dame de Paris, Presses Pocket, 1989, 648p, 그리고 1990년 Hachette 출판사와 2002년 Nathan 출판사에서 나온 축약본 두 권을 참조했다.

끝으로 이 책이 나올 수 있도록 같이 고심해준 우리의 친구 '자말'에게 고마운 마음을 전한다.

편역자

빅토르 위고_{Victor Hugo} 의 생애와 작품

소설가이자 시인이며 극작가인 프랑스의 대문호 빅토르 위고는 1802년 2월 26일 프랑스의 브장송에서 태어났다. 아버지는 낭시 출신인 레오폴드 위고 대위로서 1809년 나폴레옹 휘하의 장군이 된다. 어머니인 소피 트레뷔셰는 정치나 아이들 교육 등의 모든 문제에 대해 신중한 태도를 보이지만, 남편과의 관계에서는 늘 불화를 겪는다. 이러한 가정불화는 어쩔 수 없이 위고의 성격을 어둡게 만드는 데 많은 영향을 끼친다. 어린시절 위고는 아버지의 군대가 주둔해 있던 이탈리아나 스페인 등지에서 머물곤 했는데, 1809년에는 어머니와 함께 쾨이앙턴에 자리 잡는다. 그곳에서 그는 미래의 시인을 꿈꾸며 자연의 아름다움을 알게 된다. 11세 무렵에는 마침내 아버지와 결별한 어머니와 파리에 머물게 된다. 그는 교육 문제에 매우 관대했던 어머니 밑에서 자유로운 정신과 상상력을 키우며 성장할 수 있었다. 그는 혼자였던 까닭에 책을 많이 읽을 수 있었는데, 특히 당시의 대표적인 작가 샤토브리앙을 흠모한다. 15세부터는 시와 수학에 몰두했으며, 가족의 권유로 파리 이공과 대학 입학을 준비한다. 한편 툴루즈에서 열리는 '문학제_{Jeux Floraux}'에 참여하여 그

대회에서 두 번이나 상을 수상한다. 그는 점차 문학에 전념하면서 자신의 사명이 문학에 있음을 깨닫고 대학 진학을 포기한다. 그때 위고는 자신의 비밀 수첩에 이렇게 쓰고 있다. "샤토브리앙처럼 되자. 아니면 아무 것도 아니다."

위고는 19세 되던 해 어머니를 잃었으며 아버지는 같은 해 재혼한다. 1822년에는 마침내 첫 시집『오드Les Odes』와 이후『오드와 발라드Les Odes et Ballades』(1826)의 토대가 될 여러 시들을 발표한다. 같은 해 그는 아델 푸세와 결혼하여 2년 후인 1824년에 첫딸 레오폴딘을, 1826년에는 첫아들 샤를르를 얻는다. 1827년에 발표한『크롬웰 서문La Préface de Cromwell』은 테오필 고티에가 "그것은 우리 앞에서 시나이 산 위의 십계명처럼 빛났다"라고 술회할 만큼 가장 유명한 낭만주의 선언서가 된다. 그는 이 글에서 고전주의 연극의 규칙이라고 할 수 있는 '삼일치의 법칙'을 공격했는데, 이후 이 글은 고전파에 맞선 낭만파에게 결정적인 승리를 안겨준 연극『에르나니Hernani』(1830)의 토대가 된다. 1828년 아버지가 사망하고, 같은 해 둘째 아들 프랑수아 빅토르가 태어난다. 다음 해 그는 운문으로 이루어진 희곡『마리옹 드 로름Marion de Lorme』을 발표하지만 검열에 의해 출판금지를 당하는데, 이 희곡은 1830년 혁명으로 해금되어 연극으로 큰 성공을 거둔다.『동방시집Les Orientales』(1829)에는 그의 회화적인 경향과 더불어 예술에 대한 생각이 나타나 있다. 1831년 1월 15일 위고는 장편소설『노트르담 드 파리』를 완성한다. 한편 그는 일련의 낭만적 서정시집을 차례로 발표한다.『황혼의 노래Chants du crépuscule』

(1835), 『내면의 목소리Voix intéieures』(1837), 『빛과 그림자Les Rayons et les ombres』(1840) 등과 같은 서정시집들에는 유년기의 기억과 황제 나폴레옹의 이미지, 연애와 사랑, 연민, 자연 등의 소재를 바탕으로 한 시들이 담겨 있다. 그는 39세가 되던 1841년 아카데미 프랑세즈의 회원으로 당선된다. 그가 문학적 영광을 누리고 있을 때 그의 삶에 큰 충격을 준 사건이 일어난다. 큰딸 레오폴딘이 파리의 센 강 하류에서 남편과 함께 익사한 것이다. 1843년 당시 위고는 피레네 지방을 여행 중이었는데, 카페에서 신문을 뒤적이다 우연히 그 소식을 접하게 된다.

이후 위고는 상당 기간 동안 시를 쓰지 않고, 그의 삶은 정치적 시기로 접어든다. 1848년에는 파리 8구의 임시 시장으로 임명되는데, 그는 루이 나폴레옹의 대통령 후보 출마를 지지했지만 1851년에는 그의 정책에 반대하여 쿠데타에 저항하다가 벨기에로 망명을 떠나게 된다. 다음 해에는 프랑스에서 공식적으로 추방되고, 1870년 공화제가 부활하고 나서야 귀국할 수 있게 된다. 그는 망명생활 중에 『징벌시집Les Châtiments』(1853), 『정관시집Les Contemplations』(1856), 『세기의 전설La Légende des Siècles』(1859) 등의 시집과, 장편소설 『레 미제라블Les Misérables』(1862)을 발표한다. 풍자시집인 『징벌시집』에는 망명생활에 대한 울분과 나폴레옹 3세에 대한 비판이 드러나 있으며, 『정관시집』에서는 죽은 딸 레오폴딘에 대한 애틋한 기억과 사랑, 슬픔이 인간의 삶 전체로 확대되고 있다. 1859년 나폴레옹 3세는 추방당한 사람들에 대한 사면을 허락하지만, 그는 그 권리를 거부한다.

일련의 서사시인 『세기의 전설』을 세 차례에 걸쳐 출간한(1859, 1877, 1883) 위고는 1861년 워털루 근처의 몽 생장이라는 곳에서 『레 미제라블』을 끝낸 뒤, 1852년 이후 처음으로 앵글로 노르만 군도를 떠난다. 그는 66세가 되는 해에 부인과 사별하고, 2년 뒤인 1870년에는 오랜 망명생활을 끝내고 파리로 귀환한다. 다음 해 그는 국민의회의 파리의원으로 선출되지만 의회 개회 중에 사임한다. 그리고 그와 같은 시기에 아들 샤를르가 사망한다. 1872년에 둘째 딸 아델이 정신병원에 수용되고, 다음 해에는 둘째 아들마저 사망한다. 하지만 그는 1876년 파리의 선거인단을 통해 상원의원으로 선출된다. 의원으로서 그가 첫 번째로 개입한 일은 파리코뮌 당원들에 대한 사면 문제였다. 그는 좌파에 동조하여 투표를 했는데, 이때부터 그의 정치적 의견은 제정 말기에 창간된 잡지 『르 라펠Le Rappel』을 통해 나타나게 된다.

1885년 5월 22일 빅토르 위고는 그 자신이 15년 전에 예언했듯이 "장미가 만발하는 계절에" 폐충혈로 사망한다. 당시 그의 나이는 괴테가 사망한 나이와 같은 83세였다. 그의 장례식은 프랑스에서 미라보 이후 가장 큰 규모로 치러지며, 유해는 팡테옹에 안치된다.

우리나라에서 위고는 흔히 『레 미제라블』과 『노트르담 드 파리』를 쓴 소설가로 알려져 있다. 하지만 프랑스 문학사에서 그는 낭만주의 문학운동 초기인 1822년에 『오드』와 같은 서정시집을 발표하고 1827년에 『크롬웰의 서문』이라는 가장 유명한 낭만주의 선언서를 집필함으로써 그 운동의 승리를 알린 그 시대의 대표적인 시인으로 기술되어 있기도 하다. 어쨌든 그의 문학세계는 주제나 작품 편수 면에서 워낙 방대하고 심오하기 때문에 그의 작품세계 전체를 일관되게 조명하기란 전공자들조차 그리 쉽지 않다고 한다. 서문에서 밝혔듯이 『노트르담 드 파리』 역시 누구나 다 알면서도 아직 읽은 사람이 그리 많지 않은 책이다. 따라서 비록 원작의 묘미를 충실히 살리는 데 미흡한 점이 있기는 하지만, 위고의 작품세계를 이해하는 데 작은 보탬이 되기를 바라는 마음에서 책을 내놓는다. 끝으로 보다 원숙한 번역과 더불어 위고의 또 다른 저서가 소개되기를 바라는 마음 크다.

『뷔그 자갈Burg-Jagal』(소설, 1818)

『아미 롭사르트Amy Robsart』(희곡, 1822)

『아이슬란드의 한Han d'Islande』(소설, 1823)

『오드와 발라드Odes et ballades』(서정시, 1826)

『크롬웰 서문Préface de Cromwell』(1827)

『동방시집Les Orientales』(서정시, 1829)

『사형수 최후의 날Le Dernier Jour d'un condamné』(소설, 1829)

『마리옹 드 로름Marion de Lorme』(희곡, 1829)

『에르나니Hernani』(희곡, 1830)

『노트르담 드 파리Notre-Dame de Paris』(소설, 1831)

『가을 나뭇잎Les feuilles d'automne』(서정시, 1831)

『왕은 즐긴다Le roi s'amuse』(희곡, 1832)

『마리 튀도르Marie Tudor』(희곡, 1833)

『황혼의 노래Chants du crépuscule』(서정시, 1835)

『내면의 목소리Les voix intéieures』(서정시, 1837)

『뤼 블라스Ruy Blas』(희곡, 1838)

『빛과 그림자Les rayons et les ombres』(서정시, 1840)

『성주들Les Burgraves』(희곡, 1849)

『죄악의 역사Histoire d'un crime』(소설, 1852/77)

『징벌시집Les Châtiments』(풍자시, 1853)

『정관시집Les Contemplations』(서정시, 1856)

『세기의 전설La Légnde des Sièles』(서사시, 1859/77/83)

『레미제라블Les Miséables』(소설, 1862)

『윌리엄 셰익스피어William Shakespeare』(에세이, 1863)

『거리와 숲의 노래Les chansons des rues et des bois』 (서정시, 1865)

『바다의 일꾼들Les travailleurs de la mer』 (소설, 1866)

『웃는 남자L'homme qui rit』 (소설, 1869)

『공포의 해L'année terrible』 (서사시, 1871)

『93Quatre-vingt-treize』 (소설, 1874)

『할아버지 노릇하는 법L'Art d'être Grand-père』 (서정시, 1877)

『교황Le Pape』 (시, 1878)

『정신의 네 가지 바람Les quatre vents de l'esprit』 (서정시, 1881)

프랑스 뮤지컬의 새 장을 열다

프랑스인들은 콧대가 높습니다. 우리가 생각하는 그 이상으로요.

그들이 가지고 있는 자존심과 자부심은 그들의 삶 곳곳에서 볼 수 있는데요….

먼저 패션! 세계적 이지요. 그들의 미적 감각 이란 따라갈 수 가 없습니다. 그리고 지금도 그들은 세계 패션계를 이끌고 있죠.

음식! 이건 두 말할 필요 없습니다. 프랑스 와인! 이건 음식 아닙니다, 예술작품입니다. 세계적으로 멋있다는, 비싸다는 고급음식은 모두 프랑스 음식입니다.

미술! 마네, 모네, 드가, 르누와르…. 우리가 그저 구두 이름인줄 알고 있던 그 이름들이 인류의 문화유산 급 작품을 세상에 선물한 프랑스 화가의 이름들입니다. 그리고 프랑스 미술은 세계에 가르칩니다. "그림은 이렇게 그리는 거야" 라고 말이죠.

프랑스인들은 콧대가 높습니다. 우리가 생각하는 그 이상으로….

현대에 들어서 새로운 문화의 리더로 그리고 쇼 비즈니스의 중심 장르로 떠오른 뮤지컬. 그 한가운데에는 브로드웨이가 이끄는 현란한 문화 코드가 있었습니다. 브로드웨이 뮤지컬은 재미있고 순수하며 때로는 모험적이거나 또는 대단히 사랑스럽기도 하죠. 그래서 사람들은 문화의 신세계를 경험하기 위해 브로드웨이로, 브로드웨이로 향했고, 열광했고, 그리고 브로드웨이는 자신들의 뮤지컬 군대를 이끌고 세계로, 세계로 전진했습니다. 그리고 당연히 브로드웨이 뮤지컬은 자신만만하게 프랑스에도 입성했습니다.

그런데, 프랑스인들은 콧대가 높습니다. 우리가 생각하는 그 이상으로…

프랑스인들이 느낀 브로드웨이 뮤지컬은 지나치게 통속적인 것이었고 상업적인 것이었습니다. 그들의 문학적인 감성과 음악적인 정서의 충족을 기대하기엔 부족했으며 무엇보다 그들에게 깊이 있는 감동을 전달해주지 못했던 거죠. 그래서 이제 프랑스인들은 뮤지컬의 세계에 자신들의 물감으로 자신들의 색으로 그린 '프랑스표' 뮤지컬을 선보이게 됩니다.

이미 1970년대부터 프랑스 뮤지컬의 창작은 시작되고 있었지만 지금과 같이 프랑스 뮤지컬이 하나의 장르로 인정받게 된 것은 1998년 완성된 하나의 작품, 바로 〈노트르담 드 파리〉부터입니다. 프랑스의 음악과 문학 그리고 그들의 정서와 마지막으로 그들의 자존심까지 넣어 만든 이 작품은 그 시작부터 특별했습니다.

우선 작곡은 그 이름만 들어도 가슴 뛰는 세계적 명성의 리카르도 코치안테가 맡았습니다.

음악 애호가들에게는 이미 설명이 필요 없는 '싱어송라이터'입니다. 싱어송라이터란 작곡과 노래를 모두 하는 멀티 탤런트 엔터테이너를 말하죠. 그가 작곡했다는 이유만으로 이 뮤지컬의 음반이 프랑스에서만 300만장 이상 팔리고 세계적으로 1200만장 이상의 O.S.T. 음원이 발매되는 폭발적인 반응이었다면 대중음악계에서 그의 미친 존재감이 어느 정도인지 이해가 갈 겁니다.

이탈리아인 아버지와 프랑스인 어머니 사이에서, 그것도 베트남의 호치민에서 태어난 이색적인 기록을 가진 이 음악천재는 그래서 아버지의 예술성과 어머니의 우아한 감성을 글로벌하게 물려받았나 봅니다. 기존의 음악시장 구조에 적당히 타협하기 싫어했던 그는 세계적인 음악제의 출전을 거부하고 오직 자신만의 음악의 길을 갔는데요, 주위의 끈질긴 권유와 설득으로 1991년 단 한 차례 세계적으로 유명한 '산레모가요제'에 나가서 단번에 우승을 하면서 또 한 번 세계를 놀라게 하지요. 그런 그가 모두 54곡으로 구성된 뮤지컬 대작 〈노트르담 드 파리〉의 음악을 책임졌다니 이제 가슴이 좀 떨리지 않나요?

가사는 거장 뤽 플라몽동이 맡았습니다. 정말 환상의 복식조라고 할 수 있습니다. 캐나다 퀘벡 출신의 플라몽동은 금세기를 대표하는 작사가로 언어의 귀재로 통하고 있죠. 명실 공히 빅토르 위고의 원작을 이 보다 더 충실하게 해석해낼 사람은 지구상에 존재하지 않는다는 평을 듣고 있답니다.

앞서 설명했듯이 1970년대부터 프랑스 뮤지컬의 창작이 시작되었는데 그 중에서도 한 작품, 바로 〈스타 마니아〉. 이 작품은 프랑스 뮤지컬 흥행의 효시가 되었으며, 300만 이상의 관객을 동원하고 앨범 판매량 500만장을 기록하면서 지금도 공연되고 있는 작품입니다. 그 작품의 작사를 바로 뤽 플라몽동이 했답니다.

두 거장의 환상의 호흡 속에 만들어진 이 대작은 세상에 소개되기 1년 전에 OST 음원앨범으로 먼저 발표되었는데, 역시 기대를 반영하듯 프랑스 음반 차트에서 17주 연속 1위라는 진기록을 세웠으며 특히 세 남자 콰지모도, 프롤로 그리고 페뷔스가 부르는 주인공 에스메랄다를 향한 사랑의 노래 【벨Belle】은 음반 차트에서 44주 연속 1위를 차지하는 전설적인 기록을 만들어내기도 했습니다.

그리고 이 곡은 바이올린 등 기악곡과 많은 보컬 그룹의 편곡으로 불려지기도 했지요. 특히 세르게이 트로파노프의 바이올린 편곡 연주로 듣는 집시풍의 선율이라든지 러시아의 남성 팝 듀오 스매시의 노래로 듣는 재미가 또 색다르답니다.

그리고 드디어 1998년 9월 16일, 약 4천석의 규모를 자랑하는 대형 스타디움 공연장인 프랑스 파리 팔레 데 콩그레 극장. '도심 한가운데 전철역과 빌딩들 사이에 이렇게 큰 대형 건축물이 과연 가능한가?'라는 꿈을 현실화한 현대건축의 금자탑인 이곳, 죽기 전에 꼭 가봐야 하는 건축물로 선정된 이곳에서 세계인이 기다리던 〈노트르담 드 파리〉의 뮤지컬로서의 첫 공연이 화려하게 막을 올려 대성공을 거두었고, 초연 이후 이 작품을 찾는 관객의 수는 점점 늘어,

10년 만에 세계적으로 1천만 명 이상이 관람하며 그야말로 '대박'을 터뜨리게 됩니다.

노트르담 대성당 역시 죽기 전에 꼭 봐야 할 세계건축물에 선정된 인류의 건축문화유산인데, 그것을 소재로 한 뮤지컬이 꼭 봐야 할 세계건축물에 선정된 파리 팔레 데 콩그레 극장에서 공연되었다는 것 자체가 너무나 흥분되는 일 이었죠. 그리고 이제 프랑스 뮤지컬의 새로운 탄생을 알리는 서막이 된 이 작품은 이렇게 말하고 있습니다. "뮤지컬은 이렇게 하는 거야!"라고 말이죠.

뮤지컬 노트르담 드 파리 열 배 즐기기

〈노트르담 드 파리〉가 성공한 이유가 단지 작사와 작곡이 훌륭했기 때문일까요?

자, 그러면 이 작품이 성공할 수밖에 없었던 이유와 우리가 이 작품에서 놓치지 말아야할 '관전포인트!'를 한번 짚어 봅시다.

첫째, "ANArKH"

프랑스의 대 문호 빅토르 위고! 그 이름만으로도 이미 인류의 문화유산입니다. 원작을 읽은 사람은 누구나 그 위대한 작품성에 감탄했을 겁니다. 그것은 상상 속에서만 이뤄진 작품이 아니라 작가 자신이 역사 속으로 들어가려는 본능이 그의 작품에 나타나있기 때문입니다. 법학을 전공한 문학가이자 화가였던 그는 46세에 혁명을 통해 국회의원이 되어 정치가로 변신했고, 다시 불의에 굴복하지 않기 위해 기나긴 망명생활을 하게 됩니다. 20여년 넘게 말이죠. 그 기간 동안 그는 '레미제라블' 같은 주옥 같은 명작들을 쏟아놓게 되었고 이제 68세의 노 문학가는 많은 사람들의 환호 속에 고향으로 개선하게 되죠. 자, 이렇게 현실과 적당히 타협하지 않고 역사의 흐름을 온몸으로 받아들이려는 다재다능한 천재가 스물아홉 살의 피 끓는 정열로 만든 작품이 바로 원작 『노트르담 드 파리』입니다.

이 젊은 문학가가 노트르담 대성당을 돌아보다 성벽에 새겨진 "ANArKH(아나키아)"라는 글자를 발견합니다. ANArKH는 그리스어로 '숙명'이란 뜻입니다. 그리고 빅토르 위고의 거대한 본능은 이것을 보는 순간 이미 역사 속으로 빨려 들어갔는지도 모릅니다. 그는 이 글자를 새긴 사람을 상상하면서 이 대작의 줄거리를 조각하게 되니까요. 이러한 철학적인 주제와 반짝이는 문학성의 절묘한 만남, 이것이 첫 번째 관전 포인트입니다.

둘째, 이미지를 상징화하는 무대장치와 조명

기존의 브로드웨이에서 볼 수 없었던 분위기, 그 철학적이고 문학적인 이미지가 아주 단순하게 상징화되어 무대에 오릅니다. 도저히 넘을 수 없는 성벽과 몇 개의 기둥들…. 그러나 단조로울 것 같은 이 무대에서 억눌린 자들의 폭발적인 함성과 선악의 대결구도가 드라마틱하게 표현되면서 사람들을 감동시키는 마법 같은 조명기술들, 두 번째 관전 포인트입니다.

셋째, 현대적 이미지의 무대의상과 열정적인 춤

뮤지컬 〈노트르담 드 파리〉의 시대적 배경은 15세기, 그러니까 1400년대의 사회상을 그리고 있습니다. 실제로 이 작품의 막이 오르면 처음 등장하는 음유시인 그랭구와르가 부르는【대성당들의 시대】라는 너무도 유명한 곡의 가사에도 "1482년, 훗날의 당신에게 들려주고픈 유리와 돌 위에 새긴 욕망과 사랑의 이야기"라는 말이 나옵니다. 자, 그런데 등장인물들이 입고 나오는 무대의상은 과거와 현재가 절묘하게 조화된, 현대를 사는 우리가 지금 입어도 전혀 어색하지 않을 정도로 때로는 우아하고 때로는 아날로그 식 빈티지 감각이 돋보이는 의상이라는 겁니다. 마치 내 친구가 그 옷을 입고 있다면 "어, 너 이거 어디서 샀니?"라고 할 정도로 말이죠.

그리고 그 의상과 환상의 조명에 맞춰 이어지는 역동적이고 열정적인 춤의 퍼레이드! 주연과 조연 배우들과 함께 등장해 뜨거운 몸짓으로 넓은 무대공간을 가득 채우는 댄서들의 춤을 눈여겨 보셔야 합니다. 20여명 이상의 무용수가 펼치는 안무는 곡의 분위기에 따라 잠이 번쩍 깨는 현대무용, 프랑스의 전통 발레 그리고 젊은이들의 정서를 가득담은 브레이크댄스까지 모든 장르의 춤들이 마치 곡예를 펼치듯 등장합니다.

사실 〈노트르담 드 파리〉가 성공할 수 있었던 빼놓을 수 없는 또 하나의 이유는 바로 연출가인 질 마흐Gilles Maheu의 수준 높은 연출력이랍니다. 천재 영화감독 스티븐 스필버그에 비견되는 이 천재 연출가는 파격적이고 전위적인 연출로 명성이 높은데요, 그의 풍부

한 창의력을 따라갈 사람이 없다고 하죠. 게다가 그가 머릿속에 떠올린 그림은 어떤 수를 써서라도 꼭 무대에서 실현이 되게 하는 것으로 유명해서 아무도 그를 말릴 사람이 없다고 하는군요. 자, 그런 그가 공연 무대를 주무르며 성당에서 광장으로, 광장에서 감옥으로, 마치 축지법을 쓰듯 무대를 이동하는 마법과도 같은 무대전환도 작품의 백미라고 할 수 있습니다. 질 마흐 감독의 클래식과 모던을 넘나드는 연출의 비밀이 숨겨져 있는 의상과 춤, 이것이 바로 세 번째 관전 포인트입니다.

넷째, 성쓰루뮤지컬Sung-through Musical

뮤지컬이라는 장르를 정의할 때 가장 대표되는 것이 문학과 음악의 조화입니다. 아름다운 음악이 흐르는 사이사이에 주옥과 같은 문학이 대사가 되어 섬세한 연기로 표현되는 공연예술 작품, 그것이 뮤지컬입니다. 성쓰루뮤지컬은 이런 기존의 뮤지컬의 틀을 깨고 노래로만 진행되는 뮤지컬입니다. 대사가 없이 노래에서 노래로 연결되는, 아름다운 음악이 시종일관 흐르는 뮤지컬을 말하죠. 이 역시 이전에도 있었고 이후에도 있었지만 뮤지컬 〈노트르담 드 파리〉에 와서 또 하나의 뮤지컬 장르로 인식되었답니다. 기존 뮤지컬의 전통의 틀인, 넘버와 넘버 사이의 대사를 생략하고 일곱 명의 가수가 54곡의 노래로만으로 이야기를 엮어가며 무대를 이끄는 성쓰루뮤지컬의 매력이 바로 네 번째 관전 포인트입니다.

뮤지컬 노트르담 드 파리 속으로

[제 1 막]

막이 열리면 극의 분위기를 알리는 애잔하면서도 긴장감 있는 짧은 서곡이 흐르고, 이어서 극중 해설자의 역할을 하는 시인 그랭그와르가 등장해 유명한 【대성당들의 시대】를 부릅니다. 이곡은 이 작품을 대표하는 곡으로 대중적으로도 많아 알려진 곡이며, 많은 사람들이 즐겨 부르는 곡이기도 합니다. 세계 제일의 도시 파리, 그리고 그 권위의 상징인 성당과 신부들, 하지만 이방인들을 배척하는 그들의 모습을 고발하며 이렇게 노래하고 있습니다.

"이 이야기는 서기 1482년 아름다운 도시 파리에서 일어난 사랑과 욕망의 이야기입니다.

우리 이름 없는 예술가들은 다가올 세대를 위해 이 이야기를 들려주려합니다.

대 성당들의 시대가 왔습니다. 세상은 새로운 세기가 되었고 인간은 별을 향해 오르고 싶어했죠,

그리고 유리에, 돌 위에 자신의 이야기를 남기고 싶어 했습니다.

대성당들의 시대는 끝났습니다. 파리의 성문 밖에 있는 야만인, 이방인의 무리.

그 이교도들을 들여보내십시오. 이 세상의 종말. 그것은 2000년에 올 것입니다"

너무도 유명한 이 곡! 아마 어디선가 한 번쯤은 들어 보았을 텐데요, 노래가 진행되는 동안 무대에서는 성당을 이미지화 한 수십 미터 높이의 성벽과 대형 기둥들이 무대를 떠돌아다니듯 움직이기 시작하는데요, 세트의 무게가 자그마치 30톤이 넘는다고 하니 그 무대장치의 규모가 어느 정도인지 대략 알 듯합니다.

〈제1장〉

이어서 집시의 우두머리인 클로팽이 등장해 이방인이라서 배척당하는 서러움을 담아 【떠돌이들】 이라는 노래를 부르고, 함께 등장하는 집시무리는 억눌린 자의 분노를 현란한 춤으로 표현하고 있습니다. 그리고 등장하는 에스메랄다. 눈이 부시도록 아름다운 그녀가 집시 여인 이라는 뜻의 【보헤미안】 을 부르죠.

"나는 집시, 그 누구도 내가 어디서 왔는지 모르죠.

나는 집시, 나는 기나긴 방랑의 딸.

세상 끝까지 방랑을 하네, 나는 집시.

내 손금에 그렇게 쓰여 있지요."

이 모습을 본 근위대장 페뷔스는 그만 첫눈에 마음을 빼앗기지만 그에게는 이미 플뢰르 드 리스라는 약혼자가 있지요. 그리고 클로팽은 그녀에게 사랑이 오거든 조심하라는 말을 해주게 됩니다. 한편 페뷔스와 플뢰르는 【다이아몬드】라는 사랑의 듀엣을 부르면서 결혼을 약속하는데요, 이미 페뷔스의 마음 한구석에는 에스메랄다가 자리하고 있다는 겁니다.

〈제2장〉

막이 바뀌면 파리의 어두운 모습들이 그려집니다.

그랭그와르와 군중들이 【광대들의 축제】를 부르며 자신들의 미치광이 교황을 뽑는 퍼포먼스로 상류사회를 조롱하는데, 여기에서 흉측한 꼽추 콰지모도를 교황으로 뽑고 머리에 관을 씌우며 한바탕 축제를 벌입니다. 이때 댄서들의 묘기에 가까운 춤이 극의 분위기를 절정으로 이끌고 있습니다. 이어 콰지모도가 부르는 【광대 교황】은 에스메랄다를 혼자서 바라보고 애태우는 애절한 마음을 중저음의 음성으로 노래합니다.

프롤로 신부는 【마녀】라는 노래를 부르며 콰지모도에게 그녀를 잡아오라고 명령합니다. 에스메랄다를 바라보는 것만으로도 죄악이라며 잡아 가두어야 한다고 말이죠.

콰지모도는 【주워온 아이】를 부르며 자신과 신부의 관계를 노래합니다.

"나는 주워온 아이, 세상에 괴물로 버려진 아이.
나를 거둬 주시고 길러주신 당신, 나의 존재는 당신 것
개가 주인을 따르듯 나는 당신의 것"

〈제3장〉

파리의 밤. 그랭그와르는 오샹쥬 다리 위에서 에스메랄다를 보고 한눈에 빠져들지만 그녀를 뒤쫓다 놓쳐버리고 맙니다. 그리고 욕망으로 가득한 퇴폐적인 파리의 밤을 이야기하는 【파리의 성문들】을 부릅니다.

한편 프롤로와 콰지모도는 골목길을 돌아 에스메랄다를 뒤쫓는데, 그것을 보고 있던 페뷔스가 에스메랄다를 납치하려던 콰지모도를 체포하고 에스메랄다를 가로챕니다. 그리고 두 사람은 【납치기도】라는 듀엣곡을 부릅니다. 페뷔스를 은인으로 생각한 에스메랄다는 발다무르 카바레에서 만날 것을 약속하고 자리를 뜨지요.

이어서 클로팽과 집시무리들이 부르는 【기적궁】이 연주됩니다. 자신들의 소굴에서 부르는 곡으로 현란한 춤과 곡예에 가까운 안무가 연출됩니다. 이곳은 규율이 엄격한 곳으로, 이곳에 침입한자들은 교

수형을 당하게 되는데, 그랭그와르가 이곳에 들어오게 되고 그곳의
여자들 중 그를 남편으로 원하는 사람이 없으면 처형되는 것입니다.
그때 에스메랄다가 그를 남편으로 맞겠노라 하여 그랭그와르는 위기
를 모면합니다.

〈제4장〉

에스메랄다가 그랭그와르를 구해준 것은 그를 사랑해서가 아니라
단지 위기에서 목숨을 구해주려고 했던 거지요. 이 장면에서 에스메
랄다와 그랭그와르는 【페뷔스란 이름】이라는 노래를 부릅니다. 에스
메랄다는 자신이 사랑하는 사람은 바로 페뷔스라고 고백하고 그랭
그와르는 그 이름은 라틴어로 태양이라는 뜻이라고 말해줍니다.

한편 페뷔스는 두 여인 사이에서 괴로워하며 【찢어지는 가슴】을 부
르게 됩니다.

> "찢어진, 나는 찢어진 남자. 두 여인 사이에서 둘로 나눠야만 하나?
> 이 나의 마음을.
> 한 여인은 천국을 위해, 다른 한 여인은 지옥을 위해.
> 한 여인은 단맛을 위해, 다른 한 여인은 쓴맛을 위해.
> 두 여인 사이에서 둘로 나눠야만 하나? 이 나의 찢어진 마음을.
> 나는 찢어진 남자"

<제5장>

장면이 바뀌면 프롤로와 그랭그와르가 듀엣으로 【아나키아】를 부르며 극 속 등장인물들의 숙명을 암시합니다.

이어서 커다란 수레바퀴에 십자가로 묶여 등장한 콰지모도는 【물을 다오】라는 처절한 노래를 부르는데 마치 운명의 수레바퀴에 묶여 자신의 숙명을 예견하듯 고문과 조사를 받게 되고 군중 속에 있던 에스메랄다가 그에게 다가가 이마의 땀을 닦아주고 마실 것을 줍니다.

그리고 드디어 연주되는 넘버는 【아름다워라】입니다. 뮤지컬이 공연되기 1년 전 O.S.T.로 발표된 음원만으로도 프랑스 음반 차트 44주 연속 1위의 진기록을 만들어낸 바로 그 곡입니다. 성당의 종지기 콰지모도, 노트르담 성당의 대주교 프롤로 신부 그리고 근위대장 페뷔스가 부르는 주인공 에스메랄다를 향한 애절한 사랑의 노래입니다.

콰지모도 :

아름다워, 이 말은 그녀를 위해 만들어진 말.

그녀가 춤을 추면 나는 내 발밑에서 열리는 지옥을 느끼네.

오, 단 한번만이라도 내 손가락이 에스메랄다의 머릿결을 스칠 수 있다면…

프롤로 :

아름다워, 영원한 주님에게서 내 눈을 돌리기 위해 악마가 그녀의 모습으로 나타났는가?

페 뷔 스 :

아름다워,

오, 플뢰르여, 나는 믿을 만한 남자가 못 되오.

나는 에스메랄다의 그 사랑의 꽃을 따러 가리.

그리고 가슴이 벅찰 만큼 아름다고 가슴시린 이 노래는 세 사람
의 앙상블로 마무리 됩니다.

〈제6장〉

콰지모도는 에스메랄다를 안내해 성당으로 들어가며 【나의 집은
곧 그대의 집】을 부릅니다.

"파리의 노트르담. 나의 집, 나의 둥지

당신이 원한다면 언제든지 오세요.

당신이 원하면 나의 집은, 내가 원하면 당신의 집은,

당신의 집이 될 거예요, 나의 집이 될 거예요."

이때 두 사람을 감싸듯 무대 위의 거대 돌기둥과 그 위에 있는 석
상들이 서서히 움직입니다. 이렇게 해서 처음으로 노트르담 성당 안
으로 들어온 에스메랄다를 프롤로 신부는 높은 발코니에서 말없이
바라보고 있지요. 그리고 에스메랄다는 【이교도의 아베마리아】를 부르

게 됩니다.

> "성모 마리아여,
> 당신 앞에 이렇게 서있다 해도 나를 용서하세요.
> 이곳저곳에 많은 이방인들이 있나이다.
> 모두가 형제인 우리들 사이에 놓인 이 장벽을 허무소서.
> 날 지켜 주소서, 성모 마리아여"

세상이 자신을 악마로 여기며 욕망의 눈으로 바라보는 가운데, 순수한 인간의 마음으로 자신과 같은 이방인을 위해 기도하는 따뜻하고 순수한 노래입니다.

그녀의 노래가 끝나면 석상 사이에서 프롤로가 나타나【나를 파멸시킬 너】를 부릅니다. 자신의 욕정의 원인이 자신이 아닌 악마 같은 에스메랄다라고 믿고 싶은 프롤로는 삶이 끝날 때까지 저주하겠다고 다짐하며 욕정을 키워가게 됩니다.

> "나의 핏줄 속에 몰아치는,
> 나를 미치게 하는 너.
> 나를 혼란스럽게 하는 너.
> 나를 불행하게 하는 너, 태양의 열정이여.
> 너를 파멸시키리, 저주하리.
> 내 삶의 마지막 순간까지."

<제7장>

　장면이 바뀌면 에스메랄다를 만나기 위해 발다무르 캬바레로 가는 페뷔스를 따라오는 그림자가 나타나고, 페뷔스는 프롤로가 자신을 미행하는 것을 직감합니다. 무대 위를 걷는 페뷔스와 무대 벽면에 대형 그림자를 연출하는 프롤로의 모습이 장관을 이루며 두 사람은 듀엣【그림자】를 부르게 되지요.

　그리고 발다무르 캬바레. 의상과 조명 그리고 댄서들의 춤과 야릇한 음악 흐르지요. 발다무르란 사랑의 골짜기라는 뜻으로 이곳이 음란하고 퇴폐적인 곳이라는 것을 말해 줍니다.【카바레 발다무르】가 연주되는 가운데 페뷔스가 이곳에 나타나는데 사실 그는 이곳의 단골손님이었던 것이죠.

　에스메랄다가 도착하자 페뷔스는 방으로 안내하고 멀리서 프롤로가 이 광경을 지켜봅니다. 둘은 환상적인 하모니의 듀엣【사랑의 기쁨】을 부르며 서로의 사랑을 확인하려 하죠. 하지만 바로 이때 어둠 속에서 나타난 프롤로가 바닥에 놓여있던 에스메랄다의 칼로 페뷔스의 등을 찌르고 순식간에 도망가 버리고, 에스메랄다는 쓰러진 페뷔스 위에 기절하게 됩니다.

　그리고 출연배우들이 하나씩 무대에 등장하면서 엄숙하고 무게감 있는【숙명】을 부르며 1막을 마무리합니다.

　"숙명,
　우리의 인생을 손에 쥐고 있는 너,

숙명, 숙명이여"

[제2막]

2막이 시작되면 시인 그랭그와르와 프롤로 신부의 프롤로그가 노래됩니다. 중세에서 르네상스라는 거대하고 새로운 시대로의 전환 속에 앞으로 변화될 파리의 모습을 노래하는 【피렌체】라는 제목의 듀엣곡이죠.

"학교의 책들이 대성당을 무너뜨리고,

성서가 교회를 무너뜨리고,

인간이 신을 무너뜨리게 되리라.

루터는 성서를 다시 쓰게 되며,

우리는 불화의 시대에 서게 되리라."

〈제1장〉

하늘에서 종들이 내려오고 그 종들 속에 매달린 댄서들이 마치 서커스를 하듯 퍼포먼스를 시작하면 콰지모도는 【성당의 종】을 부릅니다.

"내가 울리는 나의 종들은 나의 사랑, 나의 연인.

우박이 내려도, 천둥이 쳐도

태어날 때와 죽을 때

날마다 시간마다 그리고 기도할 때마다

하지만 나를 위한 종은 울리지 않아,

내가 울리는 나의 종들은 나의 사랑, 나의 연인.

콰지모도가 에스메랄다를 사랑한다고 온 세상에 울려주오.”

〈제2장〉

클로팽과 그랭그와르 그리고 프롤로는 며칠째 보이지 않는 에스메랄다를 걱정하며 【그녀는 어디에?】를 부릅니다. 사실 그녀는 프롤로가 페뷔스를 찌른 후 누명을 쓰고 잡혀갔죠.

〈제3장〉

장면이 바뀌면, 사라진 에스메랄다를 찾아 헤매는 콰지모도와 감옥에 갇힌 에스메랄다가 다른 공간 속에서 서로 대화하듯 부르는 듀엣곡 【새장 속에 갇힌 새들】이 연주됩니다.

“새장에 갇힌 새들

그들은 다시 날 수 있을까?

나의 이 창살을 열어 주세요.”

“어디에 있는 건가요, 나의 에스메랄다

내게로부터 숨은 건가요?

벌써 사흘, 당신은 어디 있나요?"

감동적이고 애절한 노래가 복합적으로 연출되며 흘러나옵니다.

이어서 클로팽과 그 집시 무리들이 체포되고 【죄인들】을 부르게 됩니다. 이 곡은 역동적인 음악과 함께 무대를 가득 메운 댄서들의 안무가 브레이크댄스를 연상케 할 만큼 현대적이고 박력 있게 연출되었습니다. 종교와 피부색이 다르다는 이유로 처음부터 배척당했던 그들은 이번 기회에 같이 죄수들이 된 것입니다.

〈제4장〉

이제 프롤로는 재판장의 신분으로 에스메랄다를 심판하게 되죠. 그리고 두 사람은 【재판】이라는 노래를 부릅니다. 자신의 죄목이 상해죄라는 소식을 듣고 페뷔스가 살아있음에 기뻐하는 에스메랄다. 하지만 자신의 죄를 인정하지 않자 프롤로는 【고문】을 부르며 그녀의 발을 형틀에 넣고 조이며 자백을 강요합니다. 하지만 그녀의 대답은 "나는 그를 사랑합니다. 그건 시인 합니다."였죠. 그러자 프롤로는 그녀에게 사형을 선고해 버립니다.

그리고 이어지는 에스메랄다의 【페뷔스】.

"페뷔스,

다행히도 그가 죽지않았다면

아직도 그를 사랑한다고 전해 주세요"

애잔한 기타 반주에 맞춰 흐르는 집시 여인의 가련한 멜로디는
듣는 이를 깊은 상념에 빠져들게 합니다.

프롤로는 독백의 솔로곡 【한 여인을 사랑한 신부】를 부르며 자신의
마음을 노래합니다.

"오, 한 여자를 사랑하는 신부
너무도 격정적으로 나의 영혼이 그녀를 사랑해
바람 불고 바닷물이 넘쳐도
대성당의 탑처럼 당당했던 나여
오, 한 여자를 사랑하는 신부
너무도 격정적으로 나의 영혼이 그녀를 사랑해"

제목 그대로 고뇌하고 절규하는 모습을 담고 있습니다.

〈제5장〉

페뷔스는 낮에는 왕을 지키는 용맹한 근위대장이지만 밤이면 육
체의 정욕에 사로잡혀 발다무르 카바레를 전전하며 급기야 에스메
랄다에게 마음을 빼앗기게 됩니다. 플뢰르는 페뷔스를 끝까지 사랑
하며 【말을 탄 그대의 모습】을 부르게 됩니다.

"말에 탄 그대의 모습, 얼마나 아름다운지
하지만 당신, 인간 쓰레기일 뿐인가요?
육체를 찾는 음탕한 짐승인가요?
당신의 갑옷 속에 마음이 있긴 한가요?
당신을 사랑하겠어요, 나에게 맹세해 주세요.
나에게 맹세한다면 그 집시 여인을 목매달아 죽여 주오."

이에 페뷔스는 【너의 곁으로 돌아가리】를 부르며 지난 날을 후회합니다.

"난 홀렸었어요.
그 집시 여인이 내게 주문을 걸었지요.
당신을 배신한 그 남자는
지금 당신에게 사랑한다고 말하는 지금의 이 남자가 아니었어요.
아직도 내 마음속 깊이 사랑하는 건 당신이라오.
내 사랑은 당신이라오."

〈제6장〉

사형 판결을 받고 집행을 기다리는 에스메랄다에게 프롤로 신부가 찾아옵니다. 그리고 사형 집행을 알리는 노래 【에스메랄다를 찾아간 프롤로】를 부릅니다.

프롤로 :

울리는 종소리, 듣고 있는가.

문이 열리고 한 시간 후면 너는 죽게되리

에스메랄다 :

왜 나를 증오하는 건가요?

프롤로 :

이건 증오가 아니라,

너를 사랑하기 때문이다! 너를 사랑하기 때문에.

이렇게 절규하듯 고백하는 사제의 노래는 프롤로와 듀엣으로 부르는 다음 곡 【어느 날 아침 넌 춤을 추었지】로 이어집니다.

욕정에 사로잡혀 거의 미친 사람처럼 변해버린 프롤로는 이성을 잃고 이렇게 울부짖죠.

"어느 날 아침 넌 춤을 추고 있었지

광장의 햇빛 그 아래서

오, 아직도 기억하고 있어

어떤 전율이 나의 온몸을 격렬하게 휘감던 것을

그날 이후 거울을 보면 그곳엔 루시퍼가 있었지"

자신의 모습에서 타락한 천사 루시퍼의 모습을 보게 된 사제는 급기야 에스메랄다에게 자신을 사랑하면 살려주겠다는 협박을 하며 강제로 그녀를 안으려 합니다. 이때 프롤로를 뒤따라온 콰지모도가 클로팽과 다른 죄수들을 풀어주고, 클로팽은 프롤로로부터 에스메랄다를 데리고 탈출하게 되지요.

그리고 콰지모도, 클로팽, 그랭그와르와 에스메랄다 그리고 모든 탈옥한 자들이 함께 【해방】을 부르는데, 이 곡은 마치 프랑스 혁명가를 연상케 할 만큼 드라마틱하고 시원스럽습니다. 게다가 성벽을 타고 벌이는 안무와 무대 위를 누비는 댄서들의 격정적인 춤은 보는 이를 압도하기에 충분하지요.

콰지모도는 에스메랄다를 살리기 위해 그녀를 노트르담 안의 어느 탑 안에 숨겨 줍니다.

〈제7장〉

그랭그와르가 【달】을 부릅니다. 너무도 유명한 이 노래는 사실 자신의 이야기가 아닌 콰지모도의 이야기를 담고 있습니다. 오직 한 여자를 위해 인생을 바친 불행한 한 남자의 이야기를 극중 시인의 섬세한 감성으로 노래하고 있습니다.

"파리의 지붕 위로 빛나는 달이여
아름답게 홀로 반짝이다 날이 밝으면 죽는 달이여
하늘 위 백만 개의 별이라도 그가 사랑하는 여인의 눈동자에
비할 수 없네"

이어서 콰지모도는 【당신에게 호각을 드리니】를 부르며 그녀를 보호하려는 마음을 보이지만 에스메랄다는 페뷔스를 보면 깨워달라며 잠들고, 콰지모도는 【신이여, 세상은 너무도 불공평합니다】로 자신의 슬픈 마음을 노래하지요.

"신은 어디 있나요? 높은 교회인가요?
간절히 기도하는 사람들 곁인가요?
신이여 세상은 너무도 불공평합니다
그는 너무도 잘생겼고 나는 너무도 못났어요,
저 하늘의 달을 따다 바친대도
그녀는 나를 사랑하지 않을 거예요"

중저음의 음역에 정제되지 않은 거친 음색이 절규하듯 부르는 노래와 너무도 잘 어울려 관객을 빨아들이듯 몰입시키는 마법 같은 장면입니다.

이어지는 에스메랄다의 노래 【살아가리】 역시 이 뮤지컬을 대표하는 곡으로, 팝 가수 셀린 디온이 【Live for the one love】라는 제목의 영어 노래로 번안해 불러서 크게 히트한 곡이기도 합니다. 특히 이 곡은 이 작품의 시작인 서곡의 테마 멜로디를 사용하여 극 전체를 관통하는 이미지를 극대화하고 있습니다.

"살아야 해, 사랑을 위해

사랑해야 해
밤이 낮을 사랑하듯
사랑으로 죽을 때까지
사랑해야 해"

아름다운 에스메랄다의 사랑스런 세레나데죠.

〈제8장〉

집시와 부랑자들이 노트르담을 장악하고 프롤로는 페뷔스와 그의 군인들에게 공격을 명령하지요. 이제 두 진영은 【노트르담 공격】을 부르며 격렬한 전투를 벌이게 됩니다. 그리고 이 싸움에서 집시의 우두머리인 클로팽이 죽자 에스메랄다도 집시들의 노래를 함께 부르며 페뷔스와 맞서는 상황이 되고 맙니다. 진실한 사랑을 꿈꿔 온 에스메랄다의 마음이 어땠을까요?

하지만 순식간에 상황은 종료되죠. 프롤로는 페뷔스에게 에스메랄다를 넘겨주며 처형을 명령하고 집시들을 향해 【추방】을 부릅니다.

〈제9장〉

한편 에스메랄다를 찾아 성당 구석구석을 헤매던 콰지모도는 망루에서 그녀의 교수형을 내려다보고 있는 프롤로를 발견하고 【나의 주인, 나의 구원자】를 부릅니다. 슬퍼할 겨를도 없이 에스메랄다의 처형이 집행되고, 자신의 사랑을 거절했기에 그녀를 죽였다는 프롤로의 말에 충격을 받은 콰지모도는 거의 실성하다시피 망루에서 프롤로를 밀어 버립니다.

교수대로 내려온 콰지모도는 【그녀를 내게 주오】를 부르며 에스메랄다의 시신을 요구합니다.

"나의 에스메랄다

가지 말아요, 함께 있어 줘요"

에스메랄다를 품에 안은 콰지모도는 너무도 애절한 노래 【춤을 추어요 나의 에스메랄다】를 부릅니다.

"세월이 흘러 사람들은 땅 속에서 발견하겠지

꼭 껴안은 우리 둘의 뼈 조각을

신이 그토록 추하게 만든 콰지모도가

집시 여인 에스메랄다를 얼마나 사랑했는지

춤을 추어요, 나의 에스메랄다

노래 불러요, 나의 에스메랄다

내 품 안으로 와 잠들어요"

그리고는 에스메랄다 위에 쓰러지며 극은 막을 내리게 됩니다. 특히 인상적인 것은 노래가 진행되는 동안 무대에 세 명의 댄서가 등장해서 에스메랄다의 영혼을 표현하는 장면입니다. 흔히들 와이어

액션이라고 하는, 줄에 의지해서 축 늘어진 연기를 하다가 노래의 마지막 부분에 콰지모도의 사랑의 진실이 전해지는 대목에서 댄서들은 공중으로 높이 솟으며 생동감 있는 영혼의 댄스로 마무리합니다.

그리고 이 작품의 피날레로【대성당의 시대】를 모든 출연자들이 부르며 대단원의 막을 내리죠. 그랭그와르의 선창에 맞춰 모두 함께 부르는 노래 속에 출연진의 커튼콜과 관객의 열광적인 환호와 박수로 작품을 완성하고 있습니다.

"대성당의 시대가 왔습니다.
이 세상은 새로운 천년의 시대를 맞았습니다.
이교도들, 그 이방인들을 들여보내십시오."

뮤지컬 노트르담 드 파리 넘버 리스트

제1막

1 Ouverture 서곡

2 Le Temps des Cathédrales 대성당들의 시대

3 Les sans-papiers 떠돌이들

4 Intervention de Frollo 프롤로의 명령

5 Danse d'Esmeralda 에스메랄다의 춤

6 Bohémienne 보헤미안

7 Esmeralda, tu sais 에스메랄다, 너는 아는가…

8 Ces diamants-là 다이아몬드

9 La fête des fous 광대들의 축제

10 Le Pape des fous 광대 교황

11 La sorcière 마녀

12 L'enfant trouvé 주워온 아이

13 Les portes de Paris 파리의 성문들

14 Tentative d'enlèvement 납치기도

15 La cour des miracles 기적궁

제2막

번역 **박아르마**

서울대학교 대학원 불문학과에서 미셸 투르니에 연구로 불문학 박사 학위를 받았다. 현재 건양대학교 휴머니티칼리지 교수로 재직 중이며 글쓰기와 문학 강의를 하고 있다. 지은 책으로『글쓰기란 무엇인가』,『투르니에 소설의 사실과 신화』가 있고, 옮긴 책으로는『로빈슨』,『살로메』,『에드몽 아부의 오리엔트 특급』, 장자크 루소의『고백』,『샤를리는 누구인가?』 등이 있다.

번역 **이찬규**

서울 혜화동 출생. 숭실대학교 불어불문학과 교수. 성균관대학교 불어불문학과를 졸업하고 프랑스 리용 제2대학교 문예학 박사 학위를 받았다. 주요 저서로『횡단하는 문화, 랭보에서 김환기로』,『불온한 문화, 프랑스 시인을 찾아서』,『글쓰기란 무엇인가』(공저),『책으로 읽는 21세기』(공저),『문학도시를 사유하는 쾌감』(공저),『문장과 함께하는 유럽사 산책』(공저) 등이 있다.